贵州出版集团有限公司出版专项资金资助项目

编委会

主　　任　欧阳黔森

主　　编　彭学明

策　　划　孟豫筑

特约策划　谢亚鹏

项目执行　王丽璇　向朝莉

成　　员　(按姓氏笔画排列)

　　　　　　马金莲　王丽璇　文　智　冉正万

　　　　　　向朝莉　李江山　杨　意　杨正辉

　　　　　　吴志强　陈永忠　苗可心　孟豫筑

　　　　　　胡廷夺　饶　俊　奚　婧　郭堂亮

　　　　　　黄咏梅　禄　桑　谢亚鹏

多彩民族文学书系
彭学明 主编

问火黑夜

奚婧 著

贵州出版集团
贵州民族出版社

图书在版编目(CIP)数据

烟火青云 / 奚婧著 .-- 贵阳 : 贵州民族出版社，
2024.11.--（多彩民族文学书系 / 彭学明主编）.
ISBN 978-7-5412-2994-7

Ⅰ．I25

中国国家版本馆 CIP 数据核字第 2024ZM5274 号

DUOCAI MINZU WENXUE SHUXI
YANHUO QINGYUN
多彩民族文学书系
烟火青云

著　　者：奚　婧
主　　编：彭学明

出版发行：贵州民族出版社
地　　址：贵阳市观山湖区会展东路贵州出版集团大楼
邮　　编：550081
印　　刷：贵阳精彩数字印刷有限公司
版　　次：2024 年 11 月第 1 版
印　　次：2024 年 11 月第 1 次
开　　本：880 mm×1230 mm　1/32
字　　数：180 千字
印　　张：10
书　　号：ISBN 978-7-5412-2994-7
定　　价：68.00 元

蒸腾烟火暮云低，
鼎沸人声车马熙。
邀取闲暇茶佐酒，
黄昏不舍已晨曦。

序一

来贵州，必来爽爽贵阳；来贵阳，必来烟火青云。青云路地处贵州省会贵阳的核心南明区，是游客前来爽爽贵阳休闲旅游打卡的新地标。这里，市井烟火与商贸繁华交相辉映，贵阳文化与现代时尚相融共生，是爽身、爽心、爽眼、爽口、爽购、爽游"六爽"的完美体验。在这里，您会领略到多彩贵州从黄昏亢奋到天明，再从天明四射到黄昏的激情。

考古发现，旧石器时代贵州即有人类生活。《史记》有开发这片土地的记载，但山高林密，道路开凿困难。《旧唐书》记载，贵州当时"俗无文字，刻木为契"。直到明代，随着"移民实边"政策的推行,贵州迎来历史上最大规模的移民。继明代的"移民实边"后,清代的贵州又迎来了"客民涌入"。其后,贵州还成了抗战的大后方,直到解放初期大军南下,以及"三线建设"和改革开放后的西部大开发,迎来源源不断的人气资源。作为省会城市的贵阳,在历次移民潮中可谓占得先机。人口的增加,不仅带来了发展机遇,文化、思想、生产力等要素,也促使人口结构发生了根本变化。

历次移民运动中,青云路可谓得天独厚。南明河作为贵阳的"母亲河",在南明区内绕了一个弯,青云路连接着此弯的南北两端。以南:贵州开科以来,明清时期曾涌现出"六千举人、七百进士和三状元一探花"的骄人成绩,甲秀楼作为"科甲挺秀"的象征,承载着贵州文化的丰富意蕴;20世纪40年代,青云路曾树有一塔碑,纪念抗战中牺牲的将士,被当地人民称为"贵阳纪念塔",现塔身虽已不复存在,但作为地名,它却保留至今,这是抗战史上贵州儿女不怕流血牺牲的最好见证。以北:中华人民共和国成立以来,面对复杂多变的国际环境,我国开展了轰轰烈烈的"三线建设",其以贵阳火车站为原点,川黔线、黔桂线连成一线,成为北上南下的大动脉;贵州是移民省份,贵阳作为移民城市更具典型性,海纳百川、开放包容,贵州民族文化宫成了民族团结、文化融合的最好见证。青云路，全长仅1 041米，但它承载的不仅是贵阳发展、变迁的缩影，也是国家发展史上一个浓缩的点。

王阳明在此悟道授业、江东之重建甲秀楼、田雯撰《黔书》、巴金写《贵阳短简》，历代"贵阳移民"的所作所为皆源自对贵阳的热爱，可谓相互成就。

奚婧作为"贵阳新移民"，在此生活工作，最后扎根贵阳。她写过关于贵阳钢铁厂变迁的《熔炉——一座城市的钢铁记忆》，如今，又写了这本《烟火青云》，其情澄明，其心可鉴。在这本书里，作者用精练的笔触娓娓述说了青云路的前世今生，用细腻的描写浓缩了一个城市的灵动，泼墨成画，呈现了南明河的灯火辉煌和青云路的激情四射，展现了南明区全力构筑"城市核心、老城灵魂、文化高地、精神家园"，奋力谱写"强省会"南明现代化建设的宏大篇章。

如果您身处华灯霓虹的青云路上还有探秘的不甘，那您不妨翻开这本书，兴许您所思所想所要的，《烟火青云》正在如数家珍。

是为序。

黄成虹

走进一条街，读懂一座城。《烟火青云》以细腻的笔触和深邃的思考，回顾青云路街区百年变迁，将南明区的历史脉络、文化积淀和现代演变娓娓道来，让我们得以窥见被岁月尘封的老贵阳故事，也展现了南明区以城市更新为抓手，持续赋能老城发展的独特路径。

2020年以来，南明区委、区政府抢抓全国文明城市巩固提升和夜市"退街入室"契机，深入贯彻贵阳市委、市政府"一圈两场三改"工作部署，将青云路步行街纳入城市更新重点项目，坚持全局思维、系统谋划，围绕保留烟火气、兼具文化味、叠加新动力，突出"精、细、巧"，持续推进街区改造提升、更新蝶变。精改造，以整体统筹、片区改造、单元联动的思路，综合棚改、旧改、背街小巷改、地下管网改"多改合一"，坚持"留、改、拆、建、运、管"相结合，进行全空间、一体化设计，从天到地、从内到外把每一条街巷、每一个院落、每一家店铺规划好、设计好、打造好；细雕琢，采用微改造"绣花"功夫，充分考虑街区功能分区、统筹业态布局，坚持融合整体性、协调性、艺术性于一体的理念，对建筑风貌进行精雕细琢，提升城市品质、品貌、品味；巧经营，合理开发挖掘闲置空间，精准植入文化、旅游、商业业态，营造街区就是景区、商铺就是景点、产品就是场景的街区氛围，使其成为集吃、住、行、游、购、娱为一体的潮流文化街区。

烟火升腾，老街焕新。如今的青云路步行街，先后入选省级步行街、国家级夜间文化和旅游消费集聚区，不仅升级为时尚新地标、网红打卡地，也是南明区"一圈两场三改"的最佳缩影、城市形象的新名片。

老街"新生"。在提质升级青云路步行街的过程中，我们探索并形成了城市更新改造、文脉保护利用、文旅商数融合共生的南明特色街区建设模式。2021年以来，南明区精准聚焦"省会核心、筑城客厅"发展定位，围绕构建"城市核心、老城灵魂、文化高地、精神家园"，坚持规划为先、功能为重、产业为要、民生为本，突出文化赋能，以微改造更新老街区，进一步成功打造了曹状元街区。甲秀楼历史文化街区获批省级历史文化街区。

当前，贵阳市委、市政府正大力推进"一河一道两片"重要文化工程，南明区肩负重任，任务艰巨。接下来，南明区将持续深化特色街区建设模式，紧紧围绕"一河一道两片"城市文脉体系，深挖红色文化、阳明文化、历史文化、民族文化、群众文化，充分叠合文旅商数，积极实施贯城河博爱路、南横街片区等新一批特色街区建设，扎实推进"一圈两场三改"，推动城市有机更新，进一步延续历史文脉、留住城市记忆、提升城市品质。

《烟火青云》以青云路变迁的视角展现了南明这片土地的历史厚重和现代活力。我们期待通过这本书的传播，激发更多人对南明、对贵阳城市文化的兴趣和热爱，让更多的人了解和关注南明的文化传承与城市发展，并参与到城市文化的传承和建设中来。

刘桂均

奚婧女士嘱我为《烟火青云》作序，我起初并未应允。后经思虑斟酌，因为三个难以抗拒的理由，才惶然提笔。

一是却之不恭。《烟火青云》从选题到谋划，从构思到成文，从查证到走访，从初稿到清样，出于尊重和客气，奚婧女士对很多重要节点都征求过我的意见。我呢，站着说话不腰疼，信口开河，吹毛求疵，提了不少自以为是的建议。但是，当我看到清样时发现，我的一些建议居然都被采纳了。虽然我觉得有些诚惶诚恐，但更多的是参与创作的爱慕虚荣，心中充满喜感、快感和成就感。作序这件事，就好比邻家嫁女，即便送不起厚重的贺礼，说上几句诚恳和善意的祝福，也总能透出几分做人的厚道和实诚。更何况是受人之托，如果再忸怩作态，未免显得虚伪矫情。

二是却之不忍。我与奚婧女士之前并不熟识，后来因为要挖掘提炼南明文化，对文化的理解有不少共识，和同样对现实世界感同身受，工作上的联系自然多了一些。"奚婧"不正是和成语"另辟蹊径"的"蹊径"同音吗？她的名字本身就充满了创新活力和开拓精神。在她身上，我看到了知识女性的内敛从容、普通女人的隐忍妥协、文化使者的孤守无奈。在她闪烁的泪光中，那些燃烧的情愫、焦灼的委屈、无援的落寞，令每一个对文化工作有着起码的责任和良知的人，都不忍拒绝。她为南明文化、贵阳文化、贵州文化奔走不息、笔耕不辍的执着，难道仅仅是来自她的职业责任感？！对于城市文化的传播力、影响力、渗透力，人们总是怀着近乎苛刻的期待。对文化功能抽象化、泛在化、神秘化的矛盾心理，往往成为制约文化健康发展的一大障碍。每一位真正的文化工作者，都会顽强孤独地行走在文化浪漫主义情怀里，就算是面对责难和羞辱，也会找出一个说服自己妥协的理由。文化孤勇者，奚婧就是。

　　三是却之不甘。我始终固执地认为，寻找贵阳文化的根脉，必然以南明河为源头。人们说："南明河水长，甲秀楼情深。"这是对贵阳文脉的通俗解读，简明直白，过目难忘。学者对文化的研究，往往更多热衷于名人、名物、名址、名史，非"名"不爽，好像只有"名气"才能成就文化。文化是什么？每个人都有自己的评价权和定义权。照我理解，文化其实只是一种生活方式。人们随时随地都能在生活中找到文化的影子，就是生活文化；同样，人们可以在任何文化意象中捕捉到生活的气息，就是文化生活。没有孤立的文化，也没有抽象的生活。《烟火青云》就是把平凡人的坎坷、疼痛、呻吟、挣扎、烟火、油盐、舌尖美味、生活日常、时尚潮玩，用细腻的观察、市井的笔法、克制的情感和盘托出，却张弛有度，渲而不泄，透而不露。本书虽有不少瑕疵和缺陷，但就作者立意而言，既无冗笔，亦无废墨。奚婧作为一个"80后"女作家，难能可贵。我能为这样的作品添砖加瓦、锦上添花，幸运而又幸福。

青云烟火，悦目爽口，是非曲直，似乎还来不及总结与反思。在狂热拥挤的人海中，每一个推测臆断的答案都显得牵强附会和苍白无力。叠加上"路边音乐会"这个神奇的狂欢魔盒，青云烟火再添神韵，续写传奇。

《烟火青云》，发乎青云，何止青云？青云路，地处贵阳市南明区。然而，青云之烟火，却把人世间关于真善美的各种平民想象汇集起来，梳妆打扮，盛装出嫁。也许，这才是它的迷人之处。人聚成城，商聚成市。城因市而兴，市因城而名。今日之贵阳，干群同心，政商同向，城乡同脉，那些正直善良的承诺和期许会陪伴着贵阳市民一起成长；贵阳之今日，八方来客，四海宾朋，群英荟萃，那些淳朴勤奋的民风和传承将"知行合一、协力争先"的城市精神无限延伸和拉长。

在熙来攘往的人群中，每一个攒动前行的身影都散发着从容镇定，每一双好奇惊讶的眼神都写满着纯洁真诚，每一句招揽顾客的叫卖声都散发着烟火温情。

走进烟火青云，体验人间平凡。

正　东

一条街的时代律动

一

一口气把奚婧创作的《烟火青云》读完。有一种走进青云路前世今生的满足感。

这是一部非虚构文学作品，全书 18 万字，分为四章。

在书里，"青云路"已不是狭义的 1 000 米左右的一条老街，它被作者"泛化"为以青云路为核心的南明河流域。我觉得这是不错的，这样，以青云路为代表的南明河周边的文化风貌就都被概括进去了。

第一章"暗潮涌动"中，作者把思想情感的触角伸向百余年前的老贵阳。这也是青云路的孕育阶段。这个阶段，贵阳经历了清末民初时期、抗战时期、解放前夕。在这章中，一个名叫"庆顺"的人物出现了。这个人物具有很强的隐喻作用，作者用庆顺 50 年悲苦短暂的人生把这三个时期串了起来，反映和代表了这 50 年贵阳百姓的极贫生活。

庆顺的生命终结，也象征着贵阳开始走向新生。

第二章"烟火青云"是这本书的主要部分，表现了青云路和周边近七十年的变迁。这一章可以分成三个部分：20世纪50年代到党的十一届三中全会召开前为一部分，20世纪80年代到2020年为一部分，2020年以后为一部分。

第一部分中的青云路处于计划经济时代，它因周边的贵棉、针织厂、贵钢的出现而出现，并缓慢发展。这时的青云路破而小，是提篮小贩"打游击"的聚集地，一旦出现"打击投机倒把""割资本主义尾巴"的运动，小贩马上消失得无影无踪。

第二部分写的是党的十一届三中全会召开后的青云路。这个时期，青云路是历史上发展最快和成型最快的阶段。由于从计划经济过渡到市场经济，小商小贩的"致富"热情被唤起，加之南明区政府的支持鼓励，青云路一跃成为贵阳著名的有关市民"吃"的集贸市场，与市西路的那个有关"穿"的集贸市场齐名。青云路的商贩在勤劳的经营中迅速地有了积蓄，在政府的帮助下，有些小商小贩成了有铺面有摊位的"中商中贩"。在这个阶段，管理问题也出现了，脏、乱、差、臭、吵闹、光线不好（有街道安装了高大的钢架棚），也成了这个集贸市场的"特点"，于是，青云路改造提到南明区委区政府的议事日程。偌大的一个集贸市场的改造谈何容易,改善空气和环境的难度就可想而知。但在商户的配合下,这块"硬骨头"还是被啃了下来。作者在这部分花了大量心血和文字,她采访了青云路的老住户、老商户,用大量真实数据和多角度的描述,较详细地写出了青云路曾经的模样和改造过程。

第三部分写的是当下的青云路。经改造提升后,青云路华丽转身。现在的青云路不仅能满足人们的口腹之欲,还能满足人们的精神需求,成为一个全方位、多层面的现代街区。

第三章是"人文青云",重点表现经改造提升后的当下的青云路及周边社区的人文内涵,即现在的青云路提供给人们的愉悦和享受。这个时期的青云路有市井烟火与时尚潮流的多元碰撞,贵阳市图书馆、三克岛图书馆、水仙马尾绣等,这些都是青云路当前丰富业态的体现。

第四章"山河印迹"重点表现以青云路为中心的南明河岸的新貌。

这四章以时间为纵线,以事件和人物为横截面,全面展现了青云路及南明河流域的70多年的翻天覆地的变化,在作者笔下,一个全新的、现代化的、人民生活普遍提高的青云路出现了,成为贵阳的一个时代发展进程的生动缩影。

二

这本书是非虚构文学作品,人物、故事、环境都可考,具有很强的历史感和现场感。在这本书中,作者运用了较多的散文笔法,让这本书成为一篇大散文。

书中,视、听、嗅、味、触的感官描写很丰富,特别是青云路上的美食制作过程,作者写得具体、真实、细致、用心,看得人不禁分泌口水。这样的烟火味是生活富足舒适的体现,令人向往。

书中描写的人物不下20个,有几个给人留下了深刻印象。

一个是前面提到的庆顺,他在艰难的岁月中挣扎着,用尽全力地活着,最后还是没能抗争过时代和命运的安排,在好日子到来之前死去。他是中华人民共和国成立前贵阳南明河流域穷苦人的一种表征。

陈进国童年时跟随父母姐姐离乡背井,为寻找一条更好的生路,从黔西县(今黔西市)来到贵阳,"在贵阳生意好做,只要人勤快,就能赚到钱"。终于,他们家靠售卖冻菌(平菇)摆脱了贫困,陈进国也成为南明区的一名城管队员,亲眼看到、亲身感受着并亲自动手参与了青云路的变化和改造。

王玉耳是湖北人，下岗的她带着7岁的女儿刘珍丽到贵阳寻生路，命运指引，来到了青云路。这个朴实勤劳的女子发明了一种特别的小吃"水果豆花"，很受人们欢迎。在辛劳和热情中，母女二人生活发生了变化，女儿也慢慢长大，成了家，当了妈妈，接过母亲的店继续开下去。

张玉环曾是"贵棉"的职工，青云路的老住户，更是青云路变化的见证者。她见证了青云路怎么从低端的烟熏火燎的喧闹集市成长为现在高端清雅又不失热烈的青云路。

陈逐波出身于一个"官绅"之家，父亲是学校的校长，照说这样家庭的孩子，是可以拥有光辉的未来的，而他却立志研究美食，他的红火火海鲜成为青云路上独树一帜的海鲜餐厅，招徕八方食客。

鄢圣宗是遵义人，因勤劳、聪明、能干，在青云路这个美食汇聚的地方找到了自己的立足之地，创立了自己的餐饮品牌，周记留一手特色烤鱼麻辣鲜香，让人念念不忘。

书中还描写了任姨妈、李持平、郭春、方静、韦祖涛……

他们都是我们身边的"小人物"，都踏实努力地生活着，也为青云路的发展变化实现了自己的价值。

书中还写了南明区的公职人员，他们不辱使命，为了让南明河流域及青云路的民众有更美好的生活,殚精竭虑,精心谋划,使经营模式单一的青云路终于与这个时代接轨。

书中有了这些人,这些故事,因此才使作者笔下的青云路流动着浓浓的烟火味、人情味,以飘荡着成百上千种美食的香味,交织着这里的人们的汗水、劳作、奔忙、欢笑、迷茫、欣慰……在这本书里,读者品尝到的不仅是各种美味,还有贵阳南明河流域的历史、人文,以及人的思想和情感。这本书和青云路一样,将成为贵阳人阅读的一个好"去处"。

三

作者奚婧不是老贵阳人,她在新疆生产建设兵团出生、成长,后来到长沙读大学,再后来到贵阳工作、成家。满打满算,她在贵阳生活不到 15 年。而在她的笔下,青云路和老贵阳栩栩如生,她对贵阳的掌故、往事、地名由来等,如数家珍,充满亲近感。其中起作用的,应该是一个"爱"字。曾经,她在自己的一篇散文里,用戏谑的语气说,从初来贵阳时因找不到新疆餐馆而大哭,到现在过而不入,去吃酸汤鱼、肠旺面,她的胃率先"背叛"了她的家乡。而这,令她与贵阳这座城市难解难分。这种"异乡是家乡"的感情，在写这本书时，自然而然地流露出来。

作者的第一本书是《熔炉——一座城市的钢铁记忆》，写的是贵阳钢铁厂的诞生、成长、变革。这是作者用叙事的手笔写贵阳的第一次尝试，因《熔炉——一座城市的钢铁记忆》，她第一次让自己的身心沉浸到贵州一个著名老厂的历史血脉中，让自己在采访和文字中与老工人们同喜、同悲、同回忆、同感受。这是这位初出大学校门的女孩走向贵阳钢铁工业历史和生活的第一步。《烟火青云》是她第二次深入贵阳，不过，这次她是走向青云路的店家铺面、锅碗瓢盆和油盐酱醋，走向贵阳人"吃"的生活，较之《熔炉——一座城市的钢铁记忆》，更接近生活的原初状态。如果说，《熔炉——一座城市的钢铁记忆》是写出了一个大厂的成长过程，那么，《烟火青云》就是写出了一条街的成长过程。为了写好这条路，作者做了大量收集、整理、筛选的前期工作，由于这个工作做得很扎实，因此，作者以前并没有接触过的青云路的场面、生活、风情，都被她表现得可闻可触可感。

从书中得知，原来"马棚街"跟当时贵阳的大米市场有关系：

马棚街亦称马房街，今新华路南明桥至纪念塔一段的老地名。旧时是贵阳两大米市之一，与来此街卖米远道而来的马帮歇马店有很大的关系。当时，此街的米店为二进式或三进式的房屋，临街的铺面主要是批发或零售大米，二进式的楼上供客人住（相当于旅社），下面为拴马的马厩，贵阳人俗称马棚或马房。米市商铺附设马厩便成为此街的一大特色，人们将街称为马棚街或马房街。

在书中，能看到旧时青云路的"长相"：

一路多是瓦房，屋里黑黢黢的，白天也得开灯，晚上睡觉更是需要练出倒头就睡的功夫才行，因为整晚都会有耗子在墙里和房顶窸窸窣窣地跑动。

作者写20世纪八九十年代的青云路市场：

"人"字形的钢架棚直穿尚义路，与原来的市场构成整体，新增摊位253个。改建和新建肉案69张，修建封闭式卤味摊棚15间、食杂摊棚17间、鱼池15个、豆芽池8个、铁鸡笼12个。

如此具体的描写把我的记忆唤醒。10多年前，每到节假日时，我也常到青云路买菜，作者的文字让那喧闹、嘈杂、混合着说不清的气味的青云路重现脑海。

作者写到老贵阳对弄丢的娃娃的"处理"：

那时候大十字人太多，经常有人在那弄丢娃娃，这些被弄丢的娃娃就会被交给在路口执勤的交警，放在路中间的岗亭上。

看到这里，我失笑，想起家人曾多次说到过的一个往事。20世纪50年代，我两岁时，爱自由的天性已彰显，一天，摆脱了祖母的"监控"，从正新街的家中走出，被人捡到后交给站在大十字正中岗亭上的交警，和他一块"站岗"，邻居阿姨下班路过，说："这不是林婆婆的孙女吗？"遂领回去，交给了我的祖母。

《烟火青云》中这些描写的文字，是作者经过认真广泛的采访和资料收集，融入自己的心灵才可能体现出来的，读者因此才能真切地感受到青云路的生活场景和人文"腔调"。

与《熔炉——一座城市的钢铁记忆》相较，这本书的文笔又见成熟。书中的时间跨度有100年，作者表述起来游刃有余，详略得当，语言也更准确了。尤其是语言体现出来的优美和机智，很能体现现在年轻人活泼生动的文笔特点。

比如："每一次快门的按下，姚红都郑重其事，再怀着激动等待胶卷冲印出来。""晨曦微露，街市上整齐码放的新鲜果蔬，以五颜六色铺陈开一天的华章；华灯初上，暮色中升腾起的万家烟火，以千碟万盏慰藉一天的辛劳。""一边是美食的抚慰，一边是附近住户的苦不堪言。每天的热闹喧嚣，背后也有不少冲突和矛盾。""大自然把季节更替的信号最先从土壤里传递出来，那些在阳光下和雨露滋润中生长的食材，春笋、蕨菜、香椿、紫花菌、八月瓜……每一种都承载着季节的气息和味道。这些时令鲜货往菜场门口一摆，就像四季伸出的触角，勾动人心底的感动。""新路口市场是脏乱的，由于海鲜摊多，甚至是潮湿的，腥臭的。但菜场里鲜艳的红，青翠的绿，浓郁的紫，以最贴近自然的颜色拼凑成这份平凡的人间烟火，呈现了生活最真实、质朴的模样。"

这些文句，读起来朗朗上口，饶有兴味，很容易被吸引。

《烟火青云》是一本值得阅读的书，这本书能让我们了解青云路和贵阳的昨天和今天，看到南明河灯影里的万家烟火。

林 吟

目 录

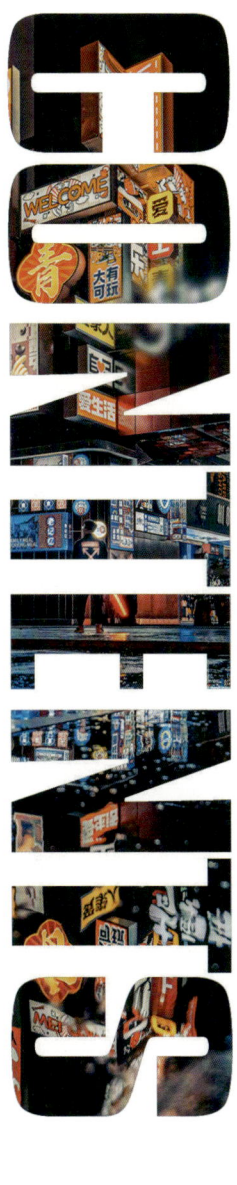

1 第一章

暗潮涌动　001

烟波无声　004
千年坎坷路终成　018
下江人　025
风雨飘摇　039

2 第二章

烟火青云　045

解放军来了　048
烟火初现　057
马路市场　063
初醒的春天　068
时光里的"90年代"　078
跨世纪　084
美食江湖　094
华丽回归　136

3 第三章

人文青云   **161**

市井烟火与时尚潮流的

多元碰撞   164

有味·制味   193

图书馆的模样   212

4 第四章

山河印迹   **225**

一条河   230

一条路   244

一个广场   252

一片蓝天   260

一件大事   270

后　记   292

第一章 暗潮涌动

旧中国战乱不断、山河破碎、满目疮痍，百姓命运多舛、颠沛流离，人民生活饥寒交迫、水深火热。在中国近代史这个大背景下，贵阳人民经历了抗战大后方的短时繁盛，大轰炸的巨大伤痛，政权更迭的至暗时刻。

所幸这风雨飘摇下有暗潮涌动。1921年7月，南湖画舫上的那场会议，在人类历史长河中只是短暂一瞬，在中华民族发展史上也是弹指之间，但它却如此彻底地改变了一个民族、一个国家的命运。

第一章 暗潮涌动

风雨飘摇下暗潮涌动

烟波无声

1921年7月,本是一个寻常的日子。

地处西南腹地的云贵高原,被大娄山、乌蒙山、武陵山和苗岭山脉环绕的黔中一带山势稍缓,这大片开阔的平坦坝子,便是贵阳城。此时此刻,傍晚时分的贵阳城褪去骄阳,一片宁静。

贵阳之地,老城为牂牁、夜郎、矩州属地。元代因川黔、黔桂两路驿道在此交会而使贵阳一跃成为西南军事重镇,元廷在此设立八番顺元宣慰司都元帅府,筑顺元土城,城形制初现,面积0.97平方千米。明洪武十五年(1382年),老城第一次大规模扩建,改土城为石城,修建贵阳内城。石城周长九里有余,高二丈二尺,城基宽两丈,建五座城门,东为武胜门、南为朝京门、西为圣泉门、北为柔远门、次南为德化门,还修建月楼、垛口、水关等设施。此地正式定名为贵阳府,布政司、总兵府、按察院等军政机关在南明河两岸依次建立,贡院、书院等文

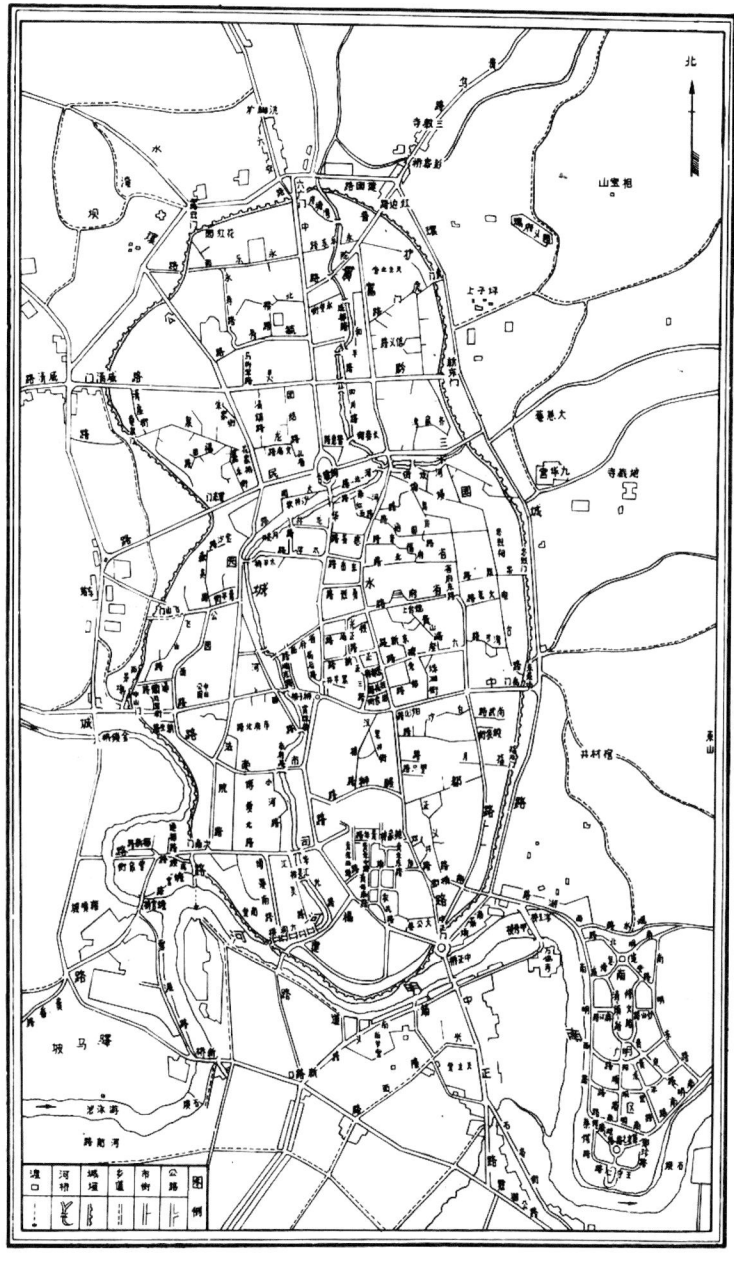

民国三十三年（1944年）贵阳市中心区域图

化机构也应时而生，城市功能逐步发展完善，成为全省政治、经济、文化中心。清末至民国，旧城已不敷发展之用，城市向城外黔灵山和东山山麓一带扩展。两道城墙、九座城门、四所楼阁，围起城内的生活。

贵阳城的护城河——南明河蜿蜒流转，河水从平坝（今贵安新区）流淌下来，以太慈桥为界，上游叫花溪河、四方河，太慈桥下游河道就是南明河。南明河的霭霭烟波恰巧把贵阳城勾画成了刚柔相济、和谐吉祥的太极图案。每至傍晚，有妇女在河边淘米浣衣，有孩童在河中嬉戏，贪恋这水里的自在时光，在母亲的一声声催促中慢吞吞地爬上岸。

南明河边的水车

南明河流到河南庄（今青云路西段）附近，水面开阔，水势趋缓。在河面上常有几条渔船，船身细长，宽不足一米，长两三米，头尾微向上翘。一个戴斗笠，穿粗布短衫的青年男子正立于船头。他叫庆顺，瘦削的脸庞肤色黝黑，有力的手臂和健壮的小腿显出一层古铜色的油光。两道粗黑的眉毛下，一双大眼睛正冷静地盯着水面。立于船上的鱼鹰和主人一样精神，黑褐色的羽毛闪着蓝绿色如金属般的光泽，墨绿色的眼睛里透出一阵犀利的寒光，紧紧盯着水面，黄色的嘴像弯弯的铁钩，就是这尖利的弯钩犹如一把鱼叉令河里的鱼难以逃遁。

庆顺今天的收获只有十几条巴掌长的鱼。旁边的渔夫王胡子比庆顺年长几岁，同样瘦削，满脸黝黑，一脸络腮胡子大概是他得名的原因。王胡子打算收工了，他伸出竹竿，鱼鹰用翅膀拍打着水面，奋力跳跃到竹竿上。王胡子把竹竿往渔船上一搭，鱼鹰就上了船。他用手抓住鱼鹰的喉囊，轻轻一捏，把鱼挤出来，几条一指多长的小鱼滑入船舱。王胡子一边解开鱼鹰脖子上的绳子，一边对着鱼鹰叹道："哎，按说不该把绳子扎这么紧的，这样小的鱼还要和你争。昨天到马棚街去买米，你都想不到，那些奸商黑心得很！一斗米都要5块银圆了，可怜我一家老小都等米下锅呢。老妈煮的稀饭连一颗米粒都捞不着，五个月大的妹儿（女儿）一天到晚吊在她娘的奶上，饿得哭都没力气哭出来，造孽啊！"庆顺接了一句："再坚持几天就好了，官府已经贴了布告要开米局，说秋收后平粜才停办。"王胡子显然比庆顺阅历多些，叹了口气："我看你是个哈儿（傻瓜），布告虽是发了，可这米局啥子时候开，还不是没个时日。"庆顺愣了下，摇了摇头不再言语。

岸边的杨柳不知百姓疾苦，垂下茂密的枝条，此时在微风的吹拂下轻巧地掠过河面。因岸边尽是杨柳，所以这一带也叫"杨柳湾"。绿柳依河而生，舞动着如丝如烟的风姿，勾勒出一幅动人的画卷。透过枝条望过去，河的北侧是驿马坡。驿马坡因西侧"驿马道"（今贵惠路）而得名，坡上零星散布荒坟野冢。

南明河是这个城发展的依托，贵阳城最早是沿南明河北岸发展起来的，南岸几乎都是荒地或者农田。这里因在南明河南岸得名"河南庄"。沿河的小路边有间低矮的茅草房，以篾席做壁，就是庆顺的家了。庆顺50岁的母亲靠替人洗衣、缝补为生。母亲在这条河里洗衣、淘米，庆顺自小就在这条河里游泳、嬉戏、捉鱼。两个姐姐相继远嫁失去联系，庆顺14岁时，父亲病故。他就接过父亲的渔船，在这河上讨生活了。这破败的茅草房是母子二人安身立命的庇护所。

庆顺抓起两条鱼甩在王胡子的船舱里："拿去，给嫂子煨汤，娃儿有口奶吃。"王胡子看了眼庆顺，想说什么，最后叹了口气，什么也没说。他们慢慢摇着桨向下游而去。小船随着河转了一个近乎直角弯，向北而去。

让我们顺着他们的船沿河而下，看看这时的贵阳城。不远处，南明河接纳来自茶店的贯城河，这两江交汇处被称为两江口，有一码头叫"南渡口"。在这交汇处的半岛上是当时的贵州通省公立中学堂，这是清末著名政治家、改革家、教育家李端棻等人创建的，是当时贵州规模最大、设备最好、师资最为雄厚的中学。为师生往来方便，学堂特地添置了一艘大木船，可容纳四五十人，用以接送师生，算得上是"校船"。此时正是放学时分，学校的船工驾着这艘当时省内最大的渡船载着一拨年轻学生渡过宽阔清澈的河面。

南明河上的渡船

除了贵州通省公立中学堂，这附近还有多所小型的文武学堂。这归功于"中国近代教育之父"李端棻，他在戊戌变法失败后被革职发配新疆，两年后赦还故里贵阳。贵州那时交通闭塞，不但学堂极少，而且许多学生只知道孔孟程朱之学，对于新学、西学涉猎者极为罕有。李端棻回贵阳后，身体力行筹划建置新式学堂，致力于培养一代掌握新知识的人才。他宣传维新思想，传播西学，兴办学校，创办贵州通省公立中学堂（今贵阳市第一中学）、贵阳公立师范学堂（今贵阳学院），倡导成立贵州教育总会筹备会，清光绪二十八年（1902年）到宣统二年（1910年），贵州省共创设各类新式学堂683所，还办了军事性质的武备学堂等。

继续前行便见一座三层三檐四角攒尖顶阁楼矗立在河中的鳌矶石上，这是甲秀楼。它是贵阳古老的建筑之一，其飞檐翘角，层层收进，护以雕花白色石栏杆。明万历二十四年（1596年），巡抚江东之主倡建甲秀楼，取意"科甲挺秀、人才辈出"。甲秀楼与附近的翠微阁、鳌矶石、芳杜洲等被称为"南明八景"，自古以来就是文人雅士作诗游玩之处。贵州的文教先驱王训所著《南庵》中的"深渊落花无客扫，空门掩月有谁敲"说的便是翠微园的风景；"心学"集大成者王阳明的诗句"隔水樵渔亦几家，缘冈石路入溪斜,松林晚映千峰雨,枫叶秋连万树霞"描绘的便是南明河岸上的景色。

早期的甲秀楼

庆顺和王胡子到霁虹桥(今南明桥)边把船停下。霁虹桥建于明永乐二年(1404年),是贵阳城最早建成的桥。当时,捕鱼人大多将鲜鱼拿到这座桥至甲秀楼的河边出售,渐渐形成街市,人称"打鱼街"。人们取河中的水煮鱼,美其名曰"活水煮活鱼"。在这里把鱼卖掉后,王胡子继续划着船从下游甲秀楼旁的浮玉桥穿过。至南明堂的南侧,这里有来自八里屯之富水汇入,然后向团坡桥奔涌而下,最后流入乌江。

当时的霓虹桥（今南明桥）

　　王胡子在团坡桥把船停下上岸，拎着庆顺送的两条鱼上岸，一长列石牌坊连绵耸立在油榨街，有20多座。油榨街是由贵阳城东南方向入城的必经街道，湘黔驿道和黔桂驿道的过客都要经过这里，算得上是贵阳古城的迎宾大道。因贵阳附近石头山很多，人们取石料相对容易，所以多用石头修造建筑，尤以石牌坊最为精湛。这些石牌坊凝重、厚实，造型如楼似阁，坊上有立雕或浮雕的鱼虫花卉、飞禽走兽等图案，是贵阳城一道气势不凡、颇为壮观的风景线。穿过这数十座牌坊，王胡子就看到自家的茅草房和抱着孩子在门口翘首以盼的妻子。

油榨街的牌坊连绵耸立

7月的这一天,几千里之外的浙江嘉兴南湖,浩渺烟波上,一艘游船划破如镜般的湖面。

南湖与大运河相连,古称"陆渭池"。由于南湖分东、西两个部分,形如两鸟交颈,又得了个"鸳鸯湖"的雅号,苏轼赋诗赞道:"鸳鸯湖边月如水,孤舟夜傍鸳鸯起。"南宋杨万里用诗句"轻烟漠漠雨疏疏"形容南湖上烟霭似纱、雨丝如雾的风光之美。明人费元禄也记述说,南湖"其妙在轻烟沸渚,山雨欲来时,夹岸亭台乍为明灭,而渔船泊舸微茫破雾,但闻橹声伊轧耳"。在金庸先生的小说中也多次出现过关于它的描写:"……这醉仙楼正在南湖之旁，湖面轻烟薄雾，几艘小舟荡漾其间，半湖水面都浮着碧油油的菱叶，他放眼观赏，登觉心旷神怡。"自明清时期，每值清明节、七夕节、中秋节，湖上游人如织，画舫、精舫、唱曲船、丝网船、网船、挡板船、小洋船、公渡船在湖面上优哉游哉，烟雨楼前画船歌鼓日夜不绝。

这天，在湖上泛舟的一艘单夹弄中型画舫，看来与其他游船并无二致。舫中10多位青年一直在热烈交谈，从中午时分一直到傍晚才陆续散去。后来，这艘画舫获得了一个永载中国革命史册的名字——红船，人们才知道这十几人当天在小船上通过了《中国共产党党纲》《关于当前实际工作的决议》，选举产生了中央领导机构，庄严宣告了中国共产党的诞生。

在国势风雨飘摇、外敌恃强凌弱之际，面对满天风雨阴霾，他们轻呼："共产党万岁！世界劳工万岁！第三国际万岁！共产主义万岁！"一湖烟波无声，见证了阴霾中"开天辟地的大事变"。

中共一大的召开标志着中国共产党正式成立，犹如一轮红日在东方冉冉升起，照亮了中国革命的前程，中国的伟大变革在实质上开始了。但这一天似乎什么都没有发生，连报纸上也没有一点报道。没有人想到，远在南湖画舫的那场会议将会给西南这座仅有600多年历史的小城带来翻天覆地的变化。

这样河里还有鱼、锅里还有米的日子已经是弥足珍贵的了。四年以后,一场自然灾害无声无息地袭来。

1925年,贵阳遭遇旱灾,从1月21日到2月28日,近40天来降水量合计为24毫米;从4月1日至20日,降水量仅为7.1毫米。6月旱情再度出现,6月21日到7月10日降水量才12.2毫米。从11月21日开始大旱,到1926年1月31日,降水量累计为24.4毫米,其中12月1日后20天降水量等于零。周边的清镇县(今清镇市)遭遇冰雹袭击,夏季大旱,粮食大减产;修文县春夏遇雹成灾,夏秋久旱不雨,庄稼枯萎;息烽县迭遭涝旱、风灾,粮食绝收。

随着灾害而来的是米价高涨。1924年7月,贵阳城内一斗米值大洋一元六七(每斗时秤30斤)。至1925年下半年,一斗米涨至大洋六元,甚至七元,米珠薪桂。

米价贵,且南京街、马棚街等米店集中的地方时常店门紧闭,无米供应,中等以上人家能以苞谷杂粮充饥就算不错,下层人民多吃草根、观音土度日。华洋义赈会、红十字会以及贵阳首富华之鸿都开办粥厂或发米条子救济灾民,街头仍饿殍遍地,死者相藉。除饿死者外,投井自尽者也不少。

风雨飘摇的年代

马棚街亦称马房街，今新华路南明桥至纪念塔一段的老地名。那时是贵阳两大米市之一，与远道而来卖米的马帮歇马店有很大的关系。此街的米店为二进式或三进式的房屋，临街的铺面主要是批发或零售大米，二进式的楼上供客人住（相当于旅社），下面为拴马的马厩，贵阳人俗称马棚或马房。米市商铺附设马厩便成为此街的一大特色，人们将街称之为马棚街或马房街。马棚街米市旁边的箭道街，很多扛米的苦力住在这里，有几间"义学"，还有开马店的，招呼驮运粮米的马和主人进店。

满天风雨阴霾

往常川流不息的马棚街大小米店都紧闭着大门。街上行人少得可怜。

庆顺和王胡子靠卖力气为生,以工代赈勉强糊口,王胡子的老母亲和小女儿在这场饥荒中饿死。

千年坎坷 路终成

　　贵州地处云贵高原东麓，境内沟壑纵横。自古以来，贵州便成为连通西南与中原地区的交通"梗阻"。"不是夜郎真自大，只因无路去中原"，特殊的地形地貌决定了贵州交通发展的复杂性和艰巨性。尽管有过秦修五尺道、楚庄蹻入夜郎通滇国、汉唐蒙通西南夷、诸葛亮南征、奢香夫人通九驿等交通史可寻，但这些并未从根本上改变贵州封闭、半封闭的交通状况。长久以来，人们对此无计可施。直至1926年，贵州陆路交通仍主要依赖驿道和人行小路。

肩挑手扛的劳作方式

1926年6月1日,周西成主政贵州,首倡修公路。同年7月,成立路政局,各县随之成立路政分局,向百姓筹集筑路资金和动员民工参与。同年8月,贵阳至赤水的马路在贵阳西门外的头桥举行开工典礼。1927年春,周西成制定了《贵州省全省马路计划大纲》。当时,相关单位按照已勾画的全省公路网施工。以贵阳为中心兴建贵北路,从贵阳经扎佐、息烽、遵义、桐梓、温水、土城以达赤水县(今赤水市),不久又修通桐梓到重庆的公路。此外,贵西路自贵阳经安顺至黄果树,贵南路由贵阳经都匀到独山,贵东路自贵阳经镇远通湖南。至此,贵州修通了东、西、南、北四大干线,达川、桂、湘、滇四省。

老城北门城楼西南角,由于年久失修而倾塌,遂拆除北门城墙修建城内马路。官方以工代赈,庆顺和王胡子也加入了筑路的队伍得以糊口。公路由贵阳头桥起,经黄土坡、鲤鱼田、威清门,到紫林庵、金锁桥、晏家院、次南门,绕雪涯洞新桥、油榨街,折转马棚街到老东门、新东门、红边门、六广门,在兴怀园合路,又由头桥修经二桥至三桥。此路全长二十余里,宽三丈。为了修建公路,周西成举全省之财力,亲率文武官员、中小学生,驻省城军队及筑路员工等数千人修建,修路工人每天带着干粮,终日劳作,夜宿又无栖止,饥寒疾病,死者十之五六。

油榨街牌坊旁新修的马路

路修通后的一天,王胡子喊上庆顺说去看汽车。王胡子消息灵通,他告诉庆顺:"汽车就放在紫林庵。这汽车来得可不容易呢,是周西成让人从香港买的,是七座有篷汽车。雇人开到了广西梧州后就没有路了,用船通过水路运入贵州境内。后来河道狭窄水流量小,又改用两只小木船并拢一起才运得走,水运到三都县又将汽车拆散,改用人抬,260多个劳力,一连弄了十几天才把这辆车抬到贵阳。"庆顺和王胡子挤在围观的人群里,看着驾驶员将车组装好,发动了好一会儿终于发出一阵轰隆隆的声音,汽车缓缓动起来,庆顺惊叹一声:"真牛!"王胡子的胡子

青云路上"贵州第一辆汽车"雕塑的设计手稿

一颠一颠道:"牛啥子牛,要不是咱们修了这路,这汽车跑得了?"

后来,贵州相继购进几十辆汽车,省政府于1928年5月7日颁布贵州第一个正式交通法规《全省马路交通规则》,其中周西成的"汽车如老虎,莫走当中路,若不守规则,死了无告处"这一布告中的"金句",成了交通规则中的第七章第48条。

经过三年,全省共建公路1 012千米,其中包括贵阳环城路和长途公路两种。尽管这些公路是低级的"砂泥路",但它奠定了贵阳作为西南交通枢纽的历史地位。百万民工肩挑背驮,创造了在世界公路建设史上罕见的奇迹。贵州全省公路网的建成,对于山岭重叠、沟壑纵横的贵州来说,无疑是一件翻天覆地的大事。

庆顺修了别处的路,别人也修了他家门前的路。待他回到家时,茅草房门口的阡陌小路修宽成为湘黔公路的一部分,这就是后来的青云路。路段从青山坡起至图云关止,得名"青云",也许更多的是寄寓"平步青云"。

庆顺家住的茅草屋对面就是驿马坡(今贵惠路)。驿马坡为清康熙二十六年(1687年)贵阳出次南门通往惠水(原定番)的一条驿道,1926年扩建为车行道,1942年称驿马路,1944年改名贵惠路至今。1946年至1949年间曾被称为贵惠公路。近百年后，2020年，贵阳新建一条位于老城区中轴且贯穿南北的主干道，名曰"人民大道"，青云路和贵惠路的一部分融入人民大道。

贵阳的交通初具雏形，汽车、人力车也逐步从无到有，从少到多。1929年3月，贵阳先导车运公司购进人力车（黄包车）30辆，从此，贵阳街上第一次出现了人力车。后来逐年增加。有一段时间，庆顺和王胡子二人合伙以每天1个银圆的租金租得一辆人力车，从早上7点到晚上10点，两人轮换着，每人拉七八个小时，每一趟能赚得一角至三角钱不等。为了加强管理，警察局还规定，自用和经

人力车逐年增加

营用的人力车要在警察局登记车主的姓名、年龄、籍贯、住址、个人收入、车辆数量、停车地和修理地等信息,每辆车都有牌照,半年换发一次,逾期不换牌照的不准行驶。据1947年的统计资料,贵阳市登记的人力车共有1888辆。

民国年间,全国许多省会都相继改设市,贵阳曾在1930年申请设市,但因当时政局多变而未能实现。历经五年的筹备,到1936年贵阳建立了贵阳市筹备处(后改为贵阳市政工程处),启动县改市的工作。

下江人

  1937年卢沟桥事变后，全面抗战爆发。当时贵阳还是贵阳县，因山高谷深，这偏居一隅的西南小城成为各个城市逃难者的避难所，也成了重庆国民政府的南大门，沦陷区、交战区的大量企业、事业单位迁入。大量操着江浙口音、河南口音、广东口音、湖南口音的外乡人为了避开湘西的匪患，走水路绕道广西，到达广西和贵州交界的六寨，然后进入贵州。

  这大量涌入的人形成贵阳历史上又一次大规模的人口大迁徙，使当地人口从原本的不足10万激增到30万人。原本狭小的贵阳城被各个口音的外乡人给填满了，贵阳人称这些从长江中下游一带逃难的外乡人为"下江人"。南腔北调打破了贵阳城的宁静，"下江人"享受着这大后方的一方安宁，

大后方的热闹与繁华

也带来了新的文化,给贵阳城带来了热闹和繁荣。

从盐行街(今中华南路)到铜像台(今喷水池)是当时贵阳最繁华的商业街,街上多为连廊连柱的骑楼。骑楼这种建筑,上楼下廊,结合了中式元素和西式建筑的特点,普遍存在于南亚、东南亚以及我国沿海侨乡地区。在下雨天和骄阳日,骑楼优势尽显,大柱子撑起长长的走廊,走廊既可遮阴,又可避雨,行人无忧,夏季还有穿堂风。这种建筑一直被保留到了20世纪90年代。它的南端一段叫盐行街，集中了贵阳最大的几家盐号和百十家盐行、盐铺，还有银行、银号、钱庄、保险公司等金融机构，以及布匹、绸缎、百货几大行业，狗不理、大江苏、西湖饭店、老不管面店等餐饮店总是人声鼎沸，以贵阳川剧院、金筑大戏院、明星电影院、阿嘛照相馆等为代表的文化娱乐业也相继繁荣。

大十字的"西门子"时钟

那时大十字还设有带风雨棚的岗台，嵌有四面"西门子"时钟。因疏于维修，四面钟显示的时间往往不同，由此贵阳人冒出了独有的"歇后语"——"大十字的钟——各走各的"。原本天一黑就闭门谢客的贵阳甚至有了夜市，从福德街（今富水南路）走到小十字路口，卤鸡脚摊、肠旺面摊、馄饨摊一路排开。

相继开业的旅馆、餐厅、剧院、百货铺、药店、照相馆和手工作坊让传统的大十字、小十字商区更加完善和繁华。浙江来的商人沿街叫卖着自制的梨膏糖、凉松糕、白糖方糕，引来眼馋的小孩一路跟着走。一群大娘围着广东来的商人，在装着针线、梳子、手帕等杂货的箩筐里挑挑拣拣。还有苗族妇女将刺梨用绳子串成一串一串的，用扁担前后各挑着数十串，形成一个黄灿灿的球形，吸引人尝鲜。在大十字西面，今中山路与公园路的交会处，是当时唯一的城市中心公园，叫梦草公园，尽管要收门票，但游玩者仍然众多，共产党人和青年学生也总是把梦草公园里的光复楼遗址作为集会地点。

1938年，正对着铜像台处（今喷水池贵阳饭店的位置），一家天津菜馆开业了。老板是天津人，在天津沦陷前带着所有的家当和全家老小一路南下逃难，最后向西进入贵阳，重起炉灶。这家天津菜馆成为当时一流的饭店，生意兴隆，常年顾客盈门。

除了商业的繁荣，从沦陷区、半沦陷区而来的各种艺术团体、院校等还带来了多元性的文化。1936年后，贵阳先后成立了筑光音乐研究会、贵阳沙驼业余话剧社、合群体育会艺术部等，各种歌咏队、话剧社联合出演了很多抗日救亡的文艺节目，贵阳街头经常会上演抗日救亡的话剧。在这些抗日救亡活动中，中国共产党团结了一批爱国志士，这也是中国共产党继长征经过贵阳后，第二次在贵阳开展频繁活跃的地下工作。

这时的庆顺已近40岁，尚未娶妻生子，仍和老母亲相依为命。他瘦削的脸依然黝黑，眼角有了刀刻般的皱纹。那时的贵阳没有自来水，贵阳人家中一般都有高1.2米、直径1米的大水缸以供一家人的日常使用。庆顺每天早早出门用扁担挑着两个大水桶，在水井边等着主顾叫挑水工，两个大桶用竹篾箍成，可以装60多斤水。由于进入贵阳的"下江人"多了，很多人在城里租下房屋住，也买了大水缸，所以庆顺挑水的生意还不错。

市民在打水

有一天，庆顺一脸得意地告诉王胡子："你猜猜我昨天去哪儿吃饭啦？"王胡子嬉笑着照着庆顺肚子捶了一拳去，说道："哎哟，我看你是捡到狗屎吃了。"庆顺边躲边嚷："老子昨天到天津菜馆吃饭了。"王胡子睁大了眼睛："你个哈儿，是捡到钱了啊，还是打算归一了躺板板去喽？天津菜馆你都敢进去？"原来晚上12点左右，天津菜馆的厨师会把当天剩下的残汤剩水用一个大土罐装着端在门口，卖给穷人"尝鲜"，庆顺拿着一角钱在门口排队打了份菜。庆顺得意地昂起头说："老子运气好得很，里面还有一大片五花肉，香得遭不住。"王胡子又一拳捶去："你个憨包倒会捡香音（便宜），安逸（舒服）得很嘛，怪不得今儿个脚杆都不打闪闪了！二天（改天）我们两个搭伙去。"

1939年腊月十六，因天冷路滑，又近年关，需要雇人挑水的雇主多了起来，天还没亮庆顺就准备出门了。60多岁的老母亲一活动就喘得接不上气，已经不能出门做活儿，基本处于半卧床的状态。老妇一如既往地早早醒来了，躺在床上看着准备出门做活儿的儿子。庆顺前些天刚给她拣了些草药，看老母亲的病也似有起色，庆顺心头有点轻松起来，边收拾边和老母亲聊天："老妈，今天我干活儿回来就和点黄泥把那漏风处补一补。昨天碰到王二娘，她正在泡糯米,准备打糍粑,让我过几天去她家拿点。王胡子昨天说去捡柏香丫(柏树枝),肯定是要熏腊肉了。过几天我扶着你走,去大十字那买点年货,我们娘俩也过个好年。"老妇点点头,微微笑了下:"儿啊,你受累了,老妈啥忙也帮不上。"

庆顺看老母亲精神挺好,就和她多聊了几句:"这几天防空司令部在报上刊登紧急通告,从一号到三号举行三次防空联合演习。城门口都有人守着,城里的人可以往外走,城外的人不能进城。我看这些人是不是吃饱了撑的没球事干,弄什么防空演习,还不是无事包经(不干正事)。我们贵阳在这山卡卡(角落)里面藏着呢,日本人的飞机飞不过来哦!"老母亲和道:"飞机能飞多高?旁边的山高着呢,飞机肯定飞不进来!"庆顺应着,挑起两个大木桶就出了门去。

一出门,庆顺忍不住打了个寒战,这腊月的天啊可真冷。庆顺一边嘟囔着,一边快步向螃蟹井走去。一路上不时能闻到燃烧柏枝散发的香味,还有人家正在浸泡糯米准备做糍粑,街上一派过年前的欢快气氛。腊月十六,按贵阳的惯例每月初二和十六是商家给伙计们打牙祭、加餐吃肉的日子,这是年前最后一个打牙祭的大日子。

这天天气一改连日的阴雨,晴空万里,庆顺挑水的生意不错。当时，从贵阳城区各个方向都能观察到的最高点是东山，东山上搭着一个架子。庆顺记得防空演习的通告中说：东山上挂起一个红灯笼，是为"空袭警报"，表示将有敌机来犯。商店、住户等必须关门闭户，行人归家。如在夜间，还须实行灯火管制。如果东山上挂起两个红灯笼，是为"紧急警报"，表示敌机已接近市区，男女老少应躲进防空洞或防空壕，无掩体可躲避的，应藏身在铺有厚实被褥的桌子下或床脚下。东山上摘去红灯笼，是为"解除警报"，表示敌机已经离去，恢复正常生活秩序。

11时，庆顺正挑着水往老张家走着，看到东山顶上果真挂起了灯笼，和身旁的同伴开玩笑道："这无事包经的演习还没完没了的！"因为贵阳过去没有遭到过轰炸，周围的人也大多不以为然，只认为还是"演习"而已，谨慎的人家关门闭户，大多数人没有做应急准备，还是如同往常一样该干啥干啥。

当天上午10时30分，省城的防空司令部突然接到桂林情报所的电话，称广西大溶口发现8架日机向西北方向飞行。10时55分，又接到贵州榕江的电话，说8架日机已过榕江，正向贵阳飞行。11时，防空司令部发出空袭警报，10分钟后发出紧急警报。但那时贵阳尚无警报装置，防空司令部在东山顶上挂起了3个大灯笼和3个小灯笼，表示有18架日机即将空袭贵阳。

12时许，突然18架日机分成两批，由贵阳东面侵入市区上空，每批3组，每组3架飞机排成"品"字形，袭击目标是以大十字为中心的市区街道。守军在东山设置的两门高射炮向18架日机射击，但未打中。日机俯冲下来，分成三队进行袭击，一队横穿城中心上空，自东向西轰炸中山东路、大十字、中山西路；一队由东偏北，轰炸富水中路、正新街；一队由东偏南，轰炸中华南路中段。炸弹、燃烧弹、机枪子弹，向毫无设防的贵阳城疯狂掷下、扫射，瞬间浓烟弥漫、火光冲天、尘土飞扬……

庆顺听到远处传来轰炸声，飞机的轰鸣声也由远及近而来，他丢下水桶，连滚带爬躲进一旁的一家院子里。他抬头看到飞机上醒目的日本军旗标志，机头在向上扬起的同时，一颗颗炸弹接连被投了下来。炸弹在太阳光照射下耀眼的光芒刺得庆顺一阵眩晕。日军的数架飞机，呈"一"字形俯冲下来，投掷后再拉高向上，反复操作，贵阳城中顿时火光冲天，爆炸声轰鸣。随着炸弹的轰鸣，远处一阵阵的黑烟向上升起，半边天都变黑了。这不过几分钟的时间，庆顺觉得心都提到嗓子眼了，想喊想骂，但喉咙却像被扼住一样，发不出一点声音，也或许是声音被淹没在了轰炸声中。待日机朝三桥方向飞离后，庆顺身边已到处

第一章 暗潮涌动

是火。

他这才发现临时躲进的这个三进式的四合院里，院门处躺着一个女人，全身衣服都不在了，人被烧得漆黑，正发出尖厉凄惨的呻吟，庆顺想帮忙又不敢碰她，束手无策间正想转身找点水，却见那女人的肚子一点点胀大起来，最后竟然一下子炸开了。庆顺"啊"地大叫着，从旁边迈过去，跨过燃烧着的断壁残垣，一路跌跌撞撞地向家狂奔。眼前一片惨状，到处是燃烧着的房屋、倒塌的墙壁，街上到处散落着断肢残臂，还有哭喊着的人。

日机这次轰炸的目标是中心城区，河南庄这一片未遭到轰炸。过了南明桥，远远看到自家的草房仍安在，庆顺顿时松了口气。这一停下，才发现这一路飞跑，棉衣都被汗水打湿了，一股寒意从后心透了出来。庆顺继续往家走去，未到跟前，就见一人头朝外趴在家门口，庆顺心头一紧，飞快跑过去一看，正是老母亲趴在门口，庆顺连声喊着"老妈"并将她翻转过来。只见老妇脸色苍白、嘴唇乌青，怀里紧抱着庆顺装银两的钱袋。大概是听到轰炸声，老母亲拿了钱袋拼尽力气爬到这门边来。庆顺试了下，老母亲仍有鼻息，却怎么也呼不应。庆顺将她安置于床上，忙奔向城里找大夫。

城里如同燃烧着几支庞大的蜡炬，浓烟冲天，成了一片火云，遮断了日光的投射，火焰腾起几十丈高。南明河边有3辆美国道奇牌救火车把水管伸进河中，靠汽车的发动机启动来抽水，这是全城仅有的3辆救火车。众人也拿着桶在河里打水，试图救火。庆顺穿过南门进城，只见中华路上千余间民房、商店毁于大火，中央银行贵州分行、上海银行、广东银行、金城银行、中央信托局、邮政储金汇业局、老凤祥银楼、宋华丰金店等全部化为瓦砾。金筑电影院、贵州电影院、明星电影院、川剧团、京剧团、商务印书馆、"中央通讯社"办事处、"中央日报"营业部、贵州日报社、贵州晨报社、民众教育馆，以及各大书局也被烧毁殆尽。三山街（今中山东路）廉洁餐馆有户陈姓人家正在办喜宴，新郎新娘及100多位来宾多被炸死炸伤。一路上哭声不绝于耳，有人在倒塌了的房屋里徒手挖着，想救出里面的亲人，或试图找到被掩埋的财产，庆顺似行走在人间地狱。

大南门外的中央医院容纳不下这么多伤员。医院门口挤满了浑身是血的民众。这种情况下，哪有大夫可找。庆顺又奔向大十字的德昌祥南号，那里也一片火光冲天，药店已完全被烧毁，所有贵重药材、药品全部被烧为灰烬，几个伙计在大声哭喊着："完了，完了，全烧完了。"

待庆顺跌跌撞撞地折返回家，老母亲已完全没了气息。

这次轰炸给贵阳人民带来了巨大灾难。被轰炸的地区东至三浪坡（中山东路北段）和护国路交接处，西至中山路先知巷口（中山西路），北至光明路口（今省府路），南至贯珠桥，大十字、中华中路、中华南路、正新街、金井街（今富水中路）共有10余处起火。

贵阳的建筑多是木结构，火势越烧越旺，3辆救火车难以应付，大火烧毁房屋1 326栋，贵阳的核心区域被烧毁殆尽。金井街、正新街的若干巷口被火封住，许多人逃不出来，被活活烧死。轰炸后，盐行街（今中华南路）有名的老中医张致安将7个子孙合葬于太慈桥，碑名"七子坟"。据灾后统计，这次惨案中521人死亡，702人受伤，因房屋被毁而无家可归者达8 539人。在这次轰炸中，许多商号遭到较大损失，工商业一度萧条，文教机关也遭到破坏。

轰炸发生后，意识到厚重的城墙无法抵御飞机的轰炸，反而不利于民众逃生，当时的政府开始对贵阳四周的城墙、城门进行拆除，拆下来的石头一部分铺成了省府路的石板街，一部分用来加宽南明桥，南明桥从2米多宽加宽到4米。贵阳街道进行重修，拓宽道路，开辟作为消防通道的"火巷"和出城路口，以防空袭。

此后，贵阳又经历了9次空袭，每次老百姓都拖家带口往城外逃散,待到解除警报才敢回家。人们带着大米和锅碗瓢盆在野外生火煮饭,因为不方便炒菜,所以就用酱油拌饭,贵阳餐饮中的"酱油拌饭"便由此而来。"味莼园"的酱油价格便宜,味道也好,成了在外"躲飞机"的必需品。

抗战时期的大南门城楼

风雨飘摇

抗日战争爆发后，贵阳成为后方重镇。其政治、军事、交通、经济的重要性日益凸显，人口由 10 余万猛增至 30 余万，设市条件逐渐具备，1941 年 7 月 1 日成立贵阳市政府，至此，贵阳实现了由贵阳县城到贵阳市的转变。贵阳城区及近郊为市区，市区以外的地方划归贵筑县，贵筑县政府则迁到花溪。

日军的飞机已经飞远，轰炸已经结束，人民的苦难远没能结束。1945 年抗战胜利后，大批来贵阳躲避战乱的人迁回原籍，像庆顺这样靠出卖劳力为生的穷苦人更难找到活儿干，加上霍乱等传染病流行，民生凋敝，举步维艰。

20 世纪 40 年代，国民政府发行的"法币"和"金圆券"导致通货膨胀和物价飞涨，币值很不稳定。1939 年 8

月9日的《申报》刊登："最近租界当局限制米价每石最高不得过20元。"按照当时度量衡，1石米约等于80千克，折算下来，每千克大米0.25元；到了1946年，米价已暴涨至每千克750元。100法币在1937年能购买两头牛，到了1939年能购买一头猪，1945年能买两只鸡蛋，1947年只能买一块煤。

从1948年秋开始，贵阳进入黎明前最黑暗的日子。国民党预感到大厦将倾，在风雨飘摇中四处抓人。而老百姓抱着成捆成捆的法币才能买到一壶酱油甚至几盒火柴。到1949年，挑着数十斤重的法币才能买到一斤大米。

贵州从清咸丰七年（1857年）开始种植罂粟后，很快就成为国内重要的鸦片生产区域。在当时，烟馆成为贵阳人交际应酬、洽谈生意和排解纠纷的社交场所，贯城河两岸尤其多，烟馆在大门上挂上对联："闻香下马，知味停车。"鸦片大多被制成黑色糯糊状的烟膏，吸食时用长约5厘米的细铁丝将烟膏裹在一起，用长约30厘米的铜烟枪对着烟灯点燃后吸食。吸食鸦片的不仅是达官贵人，还有很多是像庆顺这样的穷苦劳工。

这时的庆顺不足50岁，却像一个枯槁的老头，多年靠力气为生的劳苦使他的脊背早早就弯了，全身皮包骨头，锁骨、肋骨的轮廓深深地印出来，手臂上青筋凸起。他的眼窝深深地凹陷下去，曾经炯炯有神的眼睛现在总是处于无力睁开的状态，只有见到鸦片时才放出一阵转瞬即逝的光彩。他的脸色蜡黄，嘴唇苍白，全身无力，混杂着汗臭味、脚臭味，烟雾缭绕的烟馆成为他常常出没的地方，只有鸦片才是他最大的追求。

1949年11月，贵阳足足下了半个月的雨，庆顺的身体已大不如从前，那些卖苦力的日子和鸦片耗尽了他所有的力气和精神。一年多来，他总是头疼得厉害，一发作起来头像要炸开一般，每次发作时生不如死的痛苦疼得他直把头往墙上撞。

几天前在门口满是稀泥的路上滑了一跤后，庆顺的一条腿肿得厉害，他蜷缩在阴冷的茅草房里已几天出不了门了。每当有人从他门口路过时，总能听到"妈啊，痛啊！好痛啊！"的呻吟声。

11月14日，庆顺挣扎着爬起来，把家里所有的角落翻个遍，寻着些钱，拖着伤腿，拄着根棍子，一瘸一拐地穿过南门向城里走去。

这天，贵阳下着毛毛细雨，国民党军队仓皇逃跑后，贵阳街面上人很少，很多店铺关门闭户。阴冷的风毫不留情地想带走庆顺仅剩的一点热度。他努力地拖动着伤腿，只想快点走到想去的地方。街边有不少穿着单薄的妓女紧抱着双臂,即使冻得浑身发抖,仍然挤出谄媚的笑,嬉笑着喊:"大哥,过来玩玩吧?"发颤的声音被冷风吹得支离破碎。

这时的贵阳,不少原本来这个抗日大后方逃难的妇女被迫沦为娼妓,加上很多国民党军队和城内的有钱人家逃离,他们留下的小妾和姨太太也迫于生计沦为娼妓,以往在各大饭店、青楼里的妓女失去了固定的客人,也流落到街头拉客。庆顺从这些操着各色口音的妓女中踉跄走过。一个显然上了年纪的妓女试图用厚厚的脂粉填平脸上的沟壑,鲜艳的口红遮盖着冻得发紫的嘴唇。由于不停用袖口擦拭因天冷而流出的鼻涕,唇周的脂粉都被抹到了袖口,脸上白一块黄一块。她老远看到庆顺走来,就朝他喊起来,皱纹里填着的脂粉被扯出一道道裂纹,大红嘴唇在一片惨白的脸上格外突兀,像张开的血盆大口。她还冲上去试图拉他,这一举动彻底打破了庆顺的平衡,使他连同木棍轰然倒地。惹事的妓女尖叫一声,慌忙逃开了,连跑带跳一下子就没了踪影。地上的泥水很快渗透了庆顺单薄的衣服,但他毫无感觉,甚至没有力气去愤怒,没有骂一句,他双眼紧盯着数米外的烟馆,用尽力气朝那里爬去,最终一头扑倒在烟馆门口。

夜里,当解放军二野五兵团先头部队在图云关上俯瞰着贵阳城，从油榨街入城时，庆顺的哀号声越来越小，最后在他的茅草屋痛苦地闭上了眼睛。在他几乎从未离开过的这南明河边的河南庄，深秋的河水呜咽着。南明桥的青石板上滴落过他的汗水、鲜血和泪水，这些大抵是他活在世上唯一的证明。他连同河南庄那个破旧的茅草屋，连同那个年代千万个普通人，最终悄无声息地消失在历史的长河中，未留下一点痕迹。

庆顺短暂的生命终结在50岁前夕。他的名字含着父辈的期盼，但他的命运正如他的名字，靠天吃饭，天顺则人顺，天不顺则人不顺。他的一生，每一天都在为了填饱肚子而活着，他与贫穷和饥饿做着无用的斗争，最终倒在贵阳解放的前一日。

卖煤者

第二章 烟火青云

从烟火初现的 20 世纪 50 年代，到改革春风吹过的 20 世纪 80 年代，从基建大改造的 20 世纪 90 年代，再到跨世纪的翻天巨变。2010 年，零散的青云路夜市摊"化零为整"；2016 年，引入智慧城管，商铺实行"门前三包"责任制；2017 年，统一安装调试油烟净化设备；2020 年，青云路退街入市改造。生活提质、城市美化的驱动，南明区委政府造福一方人民的责任担当，最终促成了青云路的华丽变身，使其一跃成为集美食飨宴、休闲享受、商贸繁荣、业态丰富、文化浸润等多元体验于一体的立体现代化街市，成为省会贵阳的新地标、新网红，既保留了老贵阳的文脉底蕴和城市烟火气，又被赋予了新潮有趣的新形象。

晨曦微露，街市上整齐码放的新鲜果蔬，以五颜六色铺陈开一天的华章；华灯初上，暮色中升腾起的万家烟火，以千碟万盏慰藉一天的辛劳。

《烟火青云》不仅记录一条路的改变，更想以一方烟火见一方生活。

第二章　烟火青云

今日贵阳，华灯初上，暮色中升腾起万家烟火

解放军来了

  1949年11月15日，持续阴雨半个多月的贵阳突然晴朗如春。太阳一出来，初冬的寒冷就连同草叶上的露珠一起被驱散了。南明河边，杨柳的枝条在微风下轻拂着水面，银杏树似乎在一夜间变换了颜色，以遮天蔽日的金灿灿把天空映衬得格外湛蓝。

  在中华人民共和国成立46天后，中国人民解放军第二野战军第五兵团17军50师进驻贵阳。贵阳宣告解放，五星红旗飘扬在贵阳上空，为贵阳翻开了崭新的篇章。

  一大早，6岁的刘青被远处的喧嚣声吵醒。尽管几天前父母就叮嘱了他"朱毛"要来，小孩子要乖乖待在家里，不能出门。可远处敲锣打鼓的声音一声声地在他心里挠，挠得他心里痒痒的。最后，刘青还是怀着忐忑又兴奋的心情出了家门，朝街上跑去。

随着喧嚣声的临近，他看到街道两旁人潮涌动，全是欢呼的市民、工人、学生、各界人士敲锣打鼓、高举横幅，一片欢天喜地的景象，这是人们正在迎接入城的解放军。

1949年11月15日，中国人民解放军进入贵阳

市民的欢呼声高过了四周齐放的爆竹声，解放军战士扛着枪、背着背包，队列整齐。他们面带微笑向群众挥手，有群众激动落泪欢呼回应。排在解放军队伍最前面的两辆

卡车上,分别挂着两幅巨大的军人头像,头像中的人物都戴着八角帽,眼神中透着坚毅和亲切,上面写着"毛主席"和"朱总司令"。

入城部队的前导彩车

进军贵州前卫团二野五兵团 16 军 46 师 138 团的副政委徐挹江,时年 30 岁,他曾撰写题为《风驰电掣下贵阳——记进军贵州之前卫团》军事通讯,记录了这一历史性的事件。

14 日晚,我们爬上了贵阳附近的观音山,这时,号称西南"复兴区"之一的贵阳守敌,在我强大军威的震撼下弃城而逃。晚上 10 时,经过龙洞堡、登上图云关,群山环抱、万家灯火的贵阳山城展现在我们的眼前。当部队进入油榨街时,只见许多工人扛着火药枪正在巡逻。贵阳市工商、教育、文化等各界代表,手拿小旗,纷纷前来欢迎。一些工人、妇女、戏剧演员迎上前来,热情地和我们握手问候。……15日,后续大部队浩浩荡荡地开进贵阳。在30万山城人民的欢呼声中,我们战士迎着旭日,个个精神抖擞,步伐矫健,千里追击的疲倦早已跑得一干二净。从此,贵阳山城便回到了人民的怀抱。

这一天的贵阳街头贴满了"欢迎中国人民解放军""拥护中国共产党"的标语,工厂、学校都升起了鲜艳的五星红旗。市民站在街道两头,夹道欢迎二野主力部队进入贵阳城。1949年11月28日,《新黔日报》作为中共贵州省委机关报正式创刊。创刊当日,头版刊登了中华人民共和国成立的消息,还刊登了一篇《贵阳在狂欢中——我军入城时街头小景》的报道文章,描述了解放军进入贵阳时群众在街头热烈欢迎解放军的情形。

1949年11月15日，解放军进入贵阳市区经过油榨街时受到各族人民的欢迎

1949年11月20日，贵阳市军事管制委员会成立，23日贵阳市人民政府成立。起初贵阳划分为7个区，经过调整，1955年将市区归并为云岩、富水、南明三区，并将贵筑县所属花溪、金华、乌当、中曹四个区划为郊区。1957年撤销贵筑县建置并入贵阳市，城区将三个区合并为南明、云岩两区，郊区分为乌当区和花溪区。

刚刚解放的贵阳，城区面积仅有6.8平方千米，东起老东门，西至大西门，北至红边门，南到大南门。市民出行基本靠步行和马车、黄包车，从东门到西门，从南门到北门，半小时足够。

街道旧屋还残留着日军炮火焚烧后的痕迹，甲秀楼摇摇欲坠,亟待修复。除了华家的大觉精舍,王家烈家的虎峰别墅,还有大十字附近的两栋银行大楼,目及之处皆是低矮的青瓦房、茅草房。大十字到铜像台一带的商业繁华地段(今中华路)两侧,稀疏排列着不超过四层高的楼房。南郊大多是星罗棋布的荒芜农田。多年战争洗礼下的贵阳老城,历经山河破碎,风雨飘摇。

多年战争洗礼下的贵阳老城

那时贵阳基本上没有现代工业,仅有卷烟、制革和酿造作坊等,为了取水方便,这些小作坊大多靠着河边。从城里到乡下,到处可见的大树是皂角树,人们洗头发就是用皂角煮水来洗。洗衣服则靠草灰,或者直接在河边沾水后用木棒子捶打靠物理作用去污。

解放军在解放贵州的过程中犹如秋风扫落叶,国民党兵败如山倒,解放军进军贵州无大规模的激烈战斗,可以算是长驱直入。然而,贵州解放后的剿匪任务却不那么顺当。1997 年,徐挹江同志为《铁壁伏匪记》一书写序时曾说道:"贵州军区部队在解放后的一年半时间里,剿灭土匪 460 余股,近 30 万人。上千我军指战员和地方干部未捐躯在解放贵州战役,却牺牲在剿匪斗争中。为有牺牲多壮志。当年人民解放军把剿匪作为解放大西南的第二个淮海战役来打,贵州不少县城都经历过第二次解放。"

这时的贵阳大街小巷满街都是鸦片烟馆、妓女和乞丐。而比这些治安问题更严重的是满街暗藏的土匪、特务。贵阳解放并不代表可以松一口气了,如何让贵阳由"废"转"兴"是政府和人民需要共同面对的难题。

中华人民共和国成立后,百废待举,扑面而来的都是高涨的建设热情。高昂的劳动号子、建设时扬起的粉尘味道伴随着革命的激情和火热的理想点燃新中国艰苦奋斗的岁月。贵阳市政府高度重视城市面貌的改善，1951年以"以工代赈"的方式实施对中华路的改造，从此拉开了城区道路兴修、改造的序幕。这种方式一方面解决了解放初期失业人口过多的问题，另一方面把劳动力引向城市建设上来。

那时，贵阳只有几台公交车在大南门和铜像台（今喷水池）间往返，由于贵阳道路质量太差，烧木炭的公交车动力很差，所以公交车上陡坡的时候经常出现动力不足的状况，有时副驾驶员还要下车拉动鼓风机才有动力，或者往轮后垫三角木，以防车辆倒滑，再顶着难闻的气味和路上的泥尘用尽全身力气推车，所以公交车的副驾驶员经常顶着个"大花脸"。

烧木炭的公交车

1955年,在贵阳城西出口的位置,建筑面积近6 000平方米的贵阳老客车站建成,这是贵州省首个大型长途汽车客运中心。客车站采用传统民族形式的建筑风格,红墙、绿瓦、白云石阶、棂格连扇大门,上部为套环棂格拱顶窗,与两侧立于须弥座的塔楼相映衬,西配楼为重檐攒尖圆顶,极具民族建筑美感,成为当时贵阳市的标志性建筑之一。

贵阳,迎来了新的时代!

第一辆开进贵阳的机车

烟火初现

1953—1957 年，在战火中起步的中国经济完成了第一个五年计划，"一五"计划的实施使中国人民看到了新中国经济建设的美好前景和希望，看到了社会主义建设的强大力量。

贵州省受自然气候条件的限制不适合棉花种植。在中华人民共和国成立初期，贵阳铁路尚未修通，远道运进原棉非常困难，当地仅有的一个小型纺纱厂也在 1954 年被迁并到四川省重庆市，贵州省的工业与民用棉纱、棉布全靠从外省调进。1957 年冬，全国农业合作化及资本主义工商业社会主义改造已胜利完成，经济建设形势大好，贵州铁路建设也在进行，贵州省工业建设亟待向前推进。

箭道街上建于1959年的中共南明区委办公大楼

于是,在朝阳路(今遵义路)与兴关路之间,宽阔的厂房拔地而起。东面背靠兴关路,西向遵义路与展览馆相对,南邻遵义路饭店,贵阳第一个机械化生产的地方国营现代纺织工业企业——贵阳棉纺厂新建起来。

贵阳棉纺厂拥有全套国产纺织机器设备和钢筋混凝土结构厂房,是一个中型纺织染联合企业。它的建立改善了贵州完全依赖外省调进棉纱、棉布的局面,也带动和促进了地方小型纺织工业的发展。棉纺厂与不远处的钢铁厂遥遥相对,成为贵阳市赫赫有名的工业企业。大量的家属楼建在青云路,数万的职工和家属在此定居下来。青云路与兴关路交会处的"春雷菜场"成为当时贵阳最大的菜场之

一、青云路烟火初现,并逐渐热闹起来。

1964年,18岁的张玉环成为棉纺厂的一名工人。张玉环瘦瘦高高的,头发黑黑亮亮的,一双大眼睛也黑黑亮亮的。她进的是织布车间,这属于轻工车间。虽说是轻工车间,但并不代表活路轻。摆放着1 000多台织布机的大车间里,头顶的一排排白炽灯照得车间亮堂堂的,飞速运转的机器发出高分贝的嘈杂声顽固地挤进耳朵,弥漫在空中的"花毛"也顽固地往口鼻中钻。每个女工照看24台织布机,100多人在车间里忙碌着,无人交谈聊天——机器的轰鸣声太大了,说话也听不到。夏季时,高温、高湿的空气很快便让工人们的工作服被汗水打湿透。每周天花板上都会堆积一层厚厚的灰尘,所以一到周六,张玉环便和同伴们一起用大大的塑料布盖住织布机,搭上架子打扫天花板,进行大扫除。

当时,棉纺厂有句顺口溜:"粗纱苦,细纱磨,摇纱妹子真快活,布机出了老太婆。"张玉环说最辛苦的是粗纱车间,这个车间全是高大壮实的女工,待遇却是最低的——实习期每月16元,转正后每月31元。

后来,张玉环和机修车间的检修工邓昌中结婚,组成了自己的小家。尽管工作条件艰苦,实行三班倒的工作制度,但当时这份正式工身份已是非常值得骄傲的。中华人民共和国是工人阶级领导的、以工农联盟为基础的人民民主专政的社会主义国家,在中华人民共和国成立以后很长一段时间里,能够成为工人是很多人从小的梦想。再后来,张玉环的三个孩子接连出生,大女儿被送到外婆家,大儿子被送到奶奶家,小儿子就自己带。

像许多大型的国有企业一样,贵阳棉纺厂就像一个小社会,有托儿所、学校,有食堂、澡堂。棉纺厂的工人有很多福利——洗澡不要钱,看病不要钱。贵阳有几个大澡堂,每个浴室经常排着长达几百米的两个长队。长队里每个人都端着脸盆,里面放着香皂以及换洗衣服,这些景象被定格成那个时代的一道剪影。棉纺厂有免费的澡堂,特别是晚上12点的时候,是上中班的工人下班洗澡的时间,这时就有不少附近的居民和职工家属揣上毛巾、香皂,装成工人模样混进澡堂。

那时,贵阳最繁华的地方就是大十字。1955年6月1日正式在大十字开业的百货大楼有四层楼,是大十字周边最高的建筑,在上面可以看到喷水池、紫林庵、遵义路。这百货大楼名副其实,小到一根绣花针,大到家电家具都能在这里买到。百货大楼的收银台有一米多高,收银员坐在高高的收银台上,有顾客买了东西,营业员就用一个黑夹子把钱和票据夹好,然后通过空中一根长长的黑铁丝

"唰"地一下滑向收银员。收银员收了钱后,又把找零"唰"地一下滑给营业员。

1985年春节,百货大楼搞起了彩灯展示,一圈彩灯围绕着百货大楼,人们老远就能看到这金碧辉煌的大楼。改革开放的大潮使大十字更加热闹,特别是周末,大十字街道上的行人摩肩接踵,在大十字行走活像在"挤油渣"。一天,张玉环带着女儿琴琴去百货大楼,在右边裙楼的一楼的糕点柜台,这里大大小小的糕点被褐色的牛皮纸包成一个个正方形,又用纸绳捆成"十"字形吊在空中。女儿眼巴巴地盯着,赖着不走了,张玉环买了一包桃酥,女儿拿到后打开,拿起一块边走边吃。刚走到门口,手里的桃酥被人一把抓走,张玉环看一个人正在飞跑,大喊一声:"拿抓(乞丐),那个拿抓抢了桃酥!"哪里喊得住,那乞丐一溜烟已经没了影。

琴琴这才反应过来,"哇"的一声大哭起来。旁边一位大娘安慰道:"哎,我家刚买的馒头也被拿抓抢了去。"这时,琴琴却突然笑出声来,原来是看到大十字中间的岗亭上一个四五岁的小男孩正在哭。她指着岗亭道:"妈妈,你看那不是隔壁家的军军吗?"那时候大十字人太多,经常有人在那弄丢孩子,这些走丢的孩子就会被路人交给在路口执勤的交警,交警就把他们放在路中间的岗亭上。

孩子们有一块糖、一块桃酥的快乐，大人们也有大人的快乐。20世纪八九十年代，一个普通工人的工资在30元左右，一块"上海牌"手表120元，为了买手表这种"奢侈品"，那时人们想出"来汇"这一方法，单位上10余个关系好的同事，每人每月拿出10元钱，交给其中的某个人，供这个人买他想买却没有足够钱买的东西，这样循环上一段时间，就人人都可以实现自己的愿望了。

"男不进贵钢，女不进贵棉。"无论是采访"贵钢"还是"贵棉"的老工人，这都是他们常说起的话。"贵钢""贵棉"遥遥相对，都是劳动强度很大的工业企业。纺织车间里高亮度的白炽灯和机器的嘈杂声使张玉环患上了青光眼，耳朵也不太灵敏，还患有风湿性关节炎，她说这是很多纺织工人都逃不过的职业病。老一代的创业者和工人们用心血和汗水铸就了贵阳工业的建设与发展史，虽然曾经的辉煌早已淡去，曾经的老厂也难觅踪迹，但"贵钢""贵棉"的历史地位与为这座城市做出历史贡献的人们不容忘却。

当"贵棉"退出了经济发展的舞台，许许多多像张玉环这样的普通工人仍然住在青云路，他们感受着这个时代的变迁，也成为时代变迁中的一分子。

马路市场

1958年春节开始,除了粮、煤、油实行凭票供应,国家对猪肉、牛肉、羊肉、鲜蛋、白糖、红糖、糕点、粉丝8种副食品实行凭票定量供应。票证是计划经济时代的缩影。

李持平出生在20世纪50年代,是名副其实的"老贵阳",年少时期的他住在市场路(今曹状元街)。那时小学生多是上半天课,很多时候他胸口挂一张购菜卡,与一群同龄人东奔西跑抢购蔬菜。曹状元路口有一小菜场,菜一运来就被近处人家捷足先登买走了。于是,李持平就跨过中华路,经过朝阳路(今遵义路)走到青云路的春雷菜场去买菜,朝阳公社(那时南明区郊区属于朝阳公社)的农民们挑着箩筐,将白菜、萝卜、番茄、青辣椒送到这儿来，买菜相对容易。李持平说："递上购菜卡，阿姨的圆珠笔往卡的日历表上画一道杠杠，我家7口人，每人半斤共三斤半的蔬菜就买到了。当然也要付钱，一般不过就是几毛钱。"

满载而归的李持平和小伙伴们蹦蹦跳跳地穿过菜场对面的煤巴场（即现在的海鲜市场）。在煤巴场里，工人们用双脚踩煤粉，然后装入小圆铁桶中，脱模后就成10斤一个的"煤巴"。青云路煤巴场是当时贵阳生活用煤最大的加工场地之一，占地面积约2万平方米。离开煤巴场，到朝阳路就见一个又一个的仓库，百货仓库、针纺仓库、五金仓库……靠新路口地段还有贵阳有名的"新桥粮食仓库"。

20世纪70年代的新华路

1970年，在新路口尚义路和箭道街一带，有几户居民在自家门前摆小摊卖豆芽和魔芋豆腐，还有个别小贩拎着篮子装着豆腐干等到居民集中的杂院去叫卖。要买肉和蔬菜，就得拿着票去新华肉店或者兴关路口的春雷菜场排队买。

1974年12月，张德芳应征入伍到贵州省军区独立营一连，后成了炊事班的班长，那时买菜只能到市蔬菜公司定点的菜场去买。

张德芳回忆起那些买菜窘迫的年代，说有一次骑单车临时去买菜，先后辗转春雷菜场、河滨菜场、科学路菜场，后到观水路菜场才买到几十斤四季豆和洋芋，回到连队已快到开饭时间了。那个年代，菜的品种比较单一，到菜场买不到菜是常有的事，特别是在蔬菜淡季，买菜更为困难，有时买不到菜，炊事班只好想法子用煮黄豆、自制腌菜等对付着吃。张德芳说："由于物资匮乏，商品短缺，买什么几乎都要凭票，买粮要粮票，买油要油票，买肉要肉票，买布要布票，买豆腐要豆腐票，而不要票的又买不到。因实行的是严格的计划经济，商品都是国家计划供应，个人出售农副产品是资本主义尾巴，要被市管会取缔，严重的还要被批斗。要是遇到有卖的，作为单位也不能买，因为开不了发票，报不了账。所以，那时候对于搞后勤工作的

马路市场

人来说，要把生活搞好是相当难的。"

市民邓老师回忆说："那时是物资匮乏时代，自行车、电视机、收音机、洗衣机等属紧俏品，凭票供应，有了票才能到商店购买。记得在学校工作时，教职员工有200多人，教育局分派一两张票，学校组织抽签，运气好抽到票的人欣喜若狂，手舞足蹈，令绝大多数没抽到的羡慕不已。"

青云路上多是瓦房，屋里黑黢黢的，白天也得开灯，晚上睡觉更是需要练出倒头就睡的功夫才行，因为整晚都会有耗子在墙里和房顶窸窸窣窣地跑动。老房子有老房子的烦恼，也有朴素的温馨。网友熊灼回忆道："我奶奶家过去就住在这里的一个门洞里。大院套着小院，深不可测，有的有十来个院落。窄窄的走道把院落连接起来，每个院子都是四合院，一般都有三层楼高，中间是天井，担负采光的重任。每家每户都通过木制的公共回廊入户，下雨的时候，我常倚在栏杆上看雨水溅落在院里的青石板上。隔壁邻居家的锅碗瓢盆'交响曲'以及收音机里铁梅、沙奶奶、江水英等，声声入耳。"

尽管这样的画面是温馨美好的，但房屋潮湿狭小，久居容易得气管炎、关节炎、哮喘等病，这就使住上楼房成为很多人的梦想。

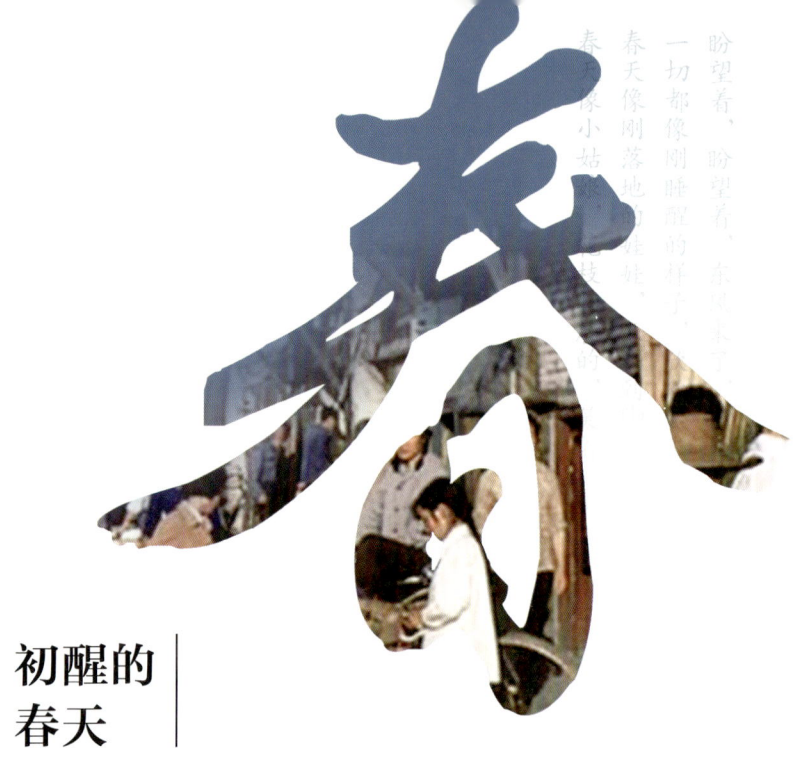

初醒的春天

盼望着,盼望着,东风来了,春天的脚步近了。
一切都像刚睡醒的样子,欣欣然张开了眼。……
春天像刚落地的娃娃,从头到脚都是新的,他生长着。
春天像小姑娘,花枝招展的,笑着,走着。

——朱自清《春》

  1978年,党的十一届三中全会确定了以经济建设为中心,就此开启了改革开放的新征程。一个新的时代开启了,一场改变中国亿万人民命运的改革实践正拉开大幕。涌动的春潮由涓涓细流汇成滚滚洪流。贵阳这个地处西南一隅的城市也不例外,开始日益热闹和繁荣起来。

从计划经济，到计划为主、市场为辅，再到有计划的商品经济，改革一步步向前发展。由于城市人口的剧增，城市基础设施滞后的问题显得非常突出。贵阳市扩建水厂增加供水量，新修和拓宽城市道路方便出行，开辟住宅新区缓解住房紧张局面，新增公交车辆解决乘车问题……这些举措极大解决了贵阳人吃水难、行路难、住房难、乘车难等民生问题。

1979年，在青云路和兴关路附近，棉纺厂修建了一大批宿舍楼。工人邓昌中一家也搬进了新房，40平方米的宿舍，一室一厅，带有独立厨卫。此前，除了省展览馆和春雷广场，贵阳基本上没有城市建设。从这一年开始，4层、5层、6层的住宅楼一天天多了起来，这些住宅楼大多是单位建造的职工宿舍，见缝插针，东一栋西一栋地填满城区的空地，尽管毫无任何规划可言，但是在这个总人口不到100万的西南小城中，居民楼像拔节的竹笋般一节节地长高了。

传统计划流通制开始向市场流通体制演变。农贸市场、菜市场、社区菜店、农副产品平价商店等呈现出新的气象，多种渠道多种形式的流通更加活跃，朝着方便群众生活、保障商品质量、促进居民消费的方向发展。党的十一届三中全会后，私营经济作为社会主义经济的补充，

20 世纪 80 年代中期的贵阳一中和新路口

国家允许个体工商户进行生产经营活动。开始时只限于个人、夫妻或几个人合伙的小摊点、小卖部、小作坊。南明区委、区政府提出了"以小取胜,以多取胜,放手发展"的方针,为了方便群众生活,根据当时的条件,政府把一些街道规划为集贸市场和农贸市场,先后在南横街、粑粑街、新路口、环南巷、甘荫塘、惠农巷、飞机坝、花果园陆续建起了 8 个农贸市场。用砖块、灰浆砌成简易摊位,再用钢架搭成简易棚顶,里面经营各种农副产品。这类市场被称为"马路市场"。这些农贸市场根据居民聚集情况开设,大小不等,丰富了市民的生活需求,市民买菜难的问题基本得到了解决,人民的生活逐渐好起来。马路市场上的叫卖声拉开我国城市商品流通体制改革的帷幕，也标志着个体私营经济重回中国经济的舞台。

1984年，党的十二届三中全会通过《关于经济体制改革的决定》，突破了把计划经济同商品经济对立起来的传统观念，鼓励和扶持个体经济适当发展。改革的春潮汹涌澎湃、气势磅礴。贵阳也被这势不可挡、奔涌向前的巨浪推动着，在欢呼声中破势前行。

街上走南闯北的生意人多了，摆摊做买卖的也越来越多。仿佛在一夜之间，贵阳的街道热闹起来——围墙拆了，沿街的房子全部变成了商业门面。贵阳开始有了人头攒动、摩肩接踵的商业繁华。最先热闹的是王家巷个体服装市场和市西路市场。年轻人在这里能买到最时髦的服装。中华路、中山路，还有原本空旷的遵义路全热闹起来了。个体经济发展、私营经济竞相崛起形成了我国社会主义经济结构中多种所有制经济共同发展的基本格局。

1985年起，青云路贵阳市商业贸易中心的农副产品食杂批发市场、二七路的贵阳市第二农副产品批发市场和沙冲路的贵阳市第三农副产品粮油水果批发市场等专业市场先后建设起来。农贸、集贸市场从"马路市场"逐步向室内转移，各类专业市场陆续建立，由过去主要解决人民群众的"菜篮子"问题向解决各方面的需求发展。

1985年春天,当19岁的姚红跟着当时的男朋友来到青云路时,她的第一感觉是热闹。男友家原本住在紫林庵,因紫林庵修新华书店而搬迁到了青云巷。男友带着她在箭道街路口的公交车站下车后,从当时的环城南路公交站(今瑞金南路箭道街站)背后的小路走进青云路。虽说那时还没有完全摆脱物资匮乏的年代,但市场经济带来的热闹已经在青云路完全显示出来。男友得意地向姚红介绍说:"在这个贵阳最大的市场上,只有你想不到的,没你买不到的东西。"先经过的是卖各种肉类的一大棚,牛羊肉、猪肉应有尽有。再往前走就是二大棚,可以挑选现买现杀的鸡、鱼等。最后是卖红枣、香菇等各种干货及花椒、八角等大料的三大棚。

　　在此之前,这里是简易菜场,改革开放后,原本躲躲藏藏挑着担子卖的小贩可以堂堂正正地经营了,就用砖头、木板和石头搭成的简单的摊点,卖蔬菜、豆制品等。随着摊贩不断增加,1981年,南明区工商局投资10多万元在尚义路搭起了长180米的钢架顶棚,修了152个水泥板货台。国营、集体和个体的经营者蜂拥而来,很快摊位就满了。于是1983年,市场又扩建,"人"字形的钢架棚直穿尚义路,与原来的市场构成整体,新增摊位253个。改建和新建肉案69张,修建封闭式卤味摊棚15间、食杂摊棚 17 间、鱼池 15 个、豆芽池 8 个、铁鸡笼 12 个。

市场化建设的初期，南明区工商局在摸索中建立健全了一套行之有效的管理制度，对这个市场推行"三线、两卡、一标定"的管理。"三线"是要求亮证挂牌一条线、货架排列一条线、商品分类摆放一条线，"两卡"和"一标定"分别是执照和商品信誉证明卡、经营登记卡，以及衡器复评一标定。工商所向广大个体户发放市场管理规定倡议书，大张旗鼓地开展文明经商、守法经营和优质服务活动，经营者在经营过程中接受群众监督和工商管理人员的考核。采取百分制计分，每月累计一次，得分高者可以获得"信得过摊位"和"流动红旗"，连续三个月获得的还会被授予"文明摊位"称号。对违法经营、违反规定的给予扣分，累计计分不合格的会受到批评教育，要求限期整改，严重者甚至会面临被取消摊位的惩罚。

1992 年，这个市场再次扩建，利用贵阳糖食糕点厂长期闲置的车间联建"新路口水产海鲜批发市场"，与原有的 1 000 多平方米的市场合并成为 4 100 平方米的经营场所，经营户 402 户，从业人员 943 人，划分了食肉、活鸡、水产、食杂、蔬菜、腊制品、食油、调味品、熟食品、干菜、小吃共 11 个摊位，商品数量也从 1980 年的 20 余种增加到了上千种。湛江的生蚝、龙虾，北海的鱿鱼、带鱼都可以在贵阳轻松买到了，黔西的竹笋、威宁的火腿、罗甸的甜玉米大大丰富了贵阳人的餐桌。随着改革开放的春风吹来，筑城人民的"大菜篮"和"小菜篮"都体会到了实惠。

这个市场的物资充足、品种丰富，又以规范的管理保护了经营户和消费者的权益，所以市场繁荣兴旺，声誉和生意都很好。高峰时日客流达到4万多人次，无论是大酒店、宾馆、地方部队，还是小饭店、食堂、家庭都爱来这里采购。日上市商品成交量11万多公斤，成交额10多万元，1993年商品成交额达到3 984万元，多次被评为"国家级市场"。

除了一、二大棚，青云路的两边全是摆摊的商贩，有摊块布在地上卖各种蔬菜的，有拉着板车卖苹果的，拉着独轮车卖老鼠药的，有摆摊出租连环画的，还有收购废书废报破铜烂铁的挑夫在串巷。平凡街巷里尽是杂货铺、小吃摊、配钥匙小铺、老式缝纫机摊，满是平凡人家的人间烟火，满溢着这座城市里普通百姓的气息。

姚红结婚后，青云路边的小楼里一间40平方米小屋就成了她的婚房，楼下就是青云巷居民委员会。最先来拜访这个新家的是居民委员会的委员老张，一个50多岁的瘦高老头。他郑重其事地掏出钢笔，慢慢把"英雄牌"商标转向正面，端详一下，然后拔下笔帽一笔一画地将姚红的身份信息登记在厚厚的本子上。或许命运有着神奇的巧合和安排，十几年后姚红接替了老张的工作，这个厚厚的本子传到了姚红的手里。后来相处久了，姚红发现老张夏天一成不变地穿着的确良白衬衣，春天、秋天一成不变地穿着蓝色的中山装，还有一成不变的是他胸前口袋别着的那支英雄牌钢笔。那时，无论穿西装、中山装还是衬衫，很多人都习惯在胸前口袋别一两支英雄牌钢笔。英雄牌钢笔在当时不仅是高档的书写工具，更是知识与文化的象征，大部分人都渴望拥有一支英雄牌钢笔，这是对于知识分子身份的羡慕和向往，和对知识文化的渴望与尊重。

在新房里，姚红最喜欢的电器是三角牌电饭锅。电饭锅按钮一按，就让做饭变得简单、干净。电饭锅"砰"的跳闸声后，一打开锅盖，在扑面而来的米饭香气中，弥漫着一个小家庭的温馨。

电视机也在此时逐渐走进普通百姓的家庭，人们压抑已久的精神文化需求，在电视和收音机里得到了极大的解放。内地拍摄了《西游记》《红楼梦》等经典的电视剧，还有从日本、欧美等引进的《铁臂阿童木》《血凝》《黑名单上的人》等经典影视片，一大批与影视剧相关的歌曲随着影视剧广泛传播。电视剧《上海滩》以跌宕起伏的爱恨情仇故事打动观众，造就了万人空巷的轰动效应。潇洒阳刚的许文强和娇羞中带着俏皮的冯程程成为那个纯真年代的美好记忆，成为一个时代的标志。

姚红家里有台收录两用机，可以播放磁带，有近1米长，放在五斗柜上，算得上是当时家里最大的家电了。20世纪80年代，人们开始认识自我，走向个性解放。流行音乐领域敞开怀抱，接纳来自世界八方之风，尤其港台的流行音乐极大丰富了大陆的流行歌坛，也推动了大陆原创音乐的生长和发展。姚红家里还有个大纸盒，里面装着很多磁带，流行歌曲、军旅歌曲、摇滚歌曲、"西北风"歌曲、迪斯科歌曲，李双江、毛阿敏、田震、李玲玉、邓丽君、崔健、李谷一、蒋大为等明星的磁带应有尽有。姚红每天一回家就先挑选喜欢的磁带放进收录机里，她最喜欢田震独特的嗓音带来的"西北风"，将千百年黄土高坡的粗犷雄浑唱得舒畅通透。后来中国台湾校园歌曲出现一个青春组合，叫"小虎队"，三位少年青春活力、阳光帅气，他们的磁带成了姚红的新宠。邓丽君、罗大佑、李宗盛、齐秦、高胜美等一大批中国台湾歌手的音乐也让姚红见识到了别样的精彩。

后来，这个新成立的小家还购买了照相机，小小的方盒子平时珍藏在柜子里，遇到逢年过节的聚会和重大事情时才舍得拿出来用。一卷卷的乐凯、柯达、富士胶卷记录了女儿憨态可掬的笑、第一次跟跟跄跄迈出的脚步、第一次背上书包的珍贵瞬间。每一次快门的按下，姚红都郑重其事，再怀着激动等待胶卷冲印出来。那时照相一度被视为奢侈之举，若干年后随着手机的普及，拍照已演变成了随时随地可记录的日常小事。不过，那些沉甸甸的老相册，依旧是全家共同珍视的宝贵回忆。

1987年，市西路由地摊经营转变为具有一定规模的百货经营。1996年，市西高架桥开通，市西商业街建成并投入使用，小摊由此搬进了店铺里。市西商业街在最为辉煌的时候曾跻身"全国十大批发市场"，在贵阳人心目中，它就是传奇般的存在。当时，穿着大裤脚的喇叭裤，配上白衬衣、牛仔衣，再戴上一副太阳镜，嘴里哼着当时最流行的音乐走出市西路，必定会引来众多羡慕的目光。作为整个贵州省最具商业氛围的街道，市西路每天吸引着几万人的流量，热闹盛况令人震惊，甚至有人因独家爆款服装而"一夜暴富"。姚红也心痒了，动了"下海"的念头，在市西路租了个摊位卖起衣服来。

时光里的"90年代"

　　1989 年,陈进国和姐姐刚随着父母从毕节黔西来到贵阳。刚读一年级的陈进国每天早上从兴关南巷的家里出发和姐姐一起去龙家寨小学上学。他唱起最近在同学中传唱的改编歌:"太阳当空照,花儿对我笑,小鸟说早早早,你为什么背着炸药包?我去炸学校,天天不迟到……"歌声和他们的嬉笑声惊动了树上的小鸟,鸟儿扑棱起翅膀"唰"的一声飞远了,秋日的晨光洒在两张灿烂的笑脸上。对那时候的他们而言,未来还遥远得没有形状。

　　后来,陈进国长成高大壮实的小伙子,成了南明区的一名城管队员。20多年后贵阳开始"一圈两场三改",大力实施城市背街小巷、小区院落综合整治,陈进国真的如他儿时唱的那样,不但亲手去拆了他上过的学校,还拆了原本兴关南巷的家。

陈进国的父母有5个孩子,陈进国是最小的一个。孩子多,父母一直想要改善家庭条件。在老家时,他们做糍粑和豆制品来卖,听说贵阳生意好做,便从黔西到贵阳来打拼。借着改革开放的东风,陈进国的父母靠着培养售卖冻菌(平菇)慢慢在贵阳立足。陈进国记得,两年后父母回老家时带了一台彩电回去,村里的第一台彩电引来很多村民围观。1995年,他们家还有了电话机。父母总说:"贵阳的生意好做,只要人勤快,就能赚上钱。"

多年后,陈进国仍然觉得这是生命中最美好的一段时光。每天放学从龙家寨小学到兴关南巷,陈进国和姐姐总是一路边走边玩。途中的贵阳钢铁厂成了他们的乐园,在偌大的厂区里面寻宝,捡到轴承珠子、捡废铁等小零件可以拿去换糖吃,还可以卖钱后去买2角钱一瓶的橘子汽水。尽管放学路上的时光充满了乐趣,但道路是狭窄泥泞的。20世纪90年代的贵阳正是基建大改造的时期。马路中间总是在施工建设,露出长长的管道,自行车、摩托车穿梭其中,行人仅剩不足2米的道路可行。公交车总是挤得满满的,每到一站,卖票的乘务员便会把乘客使劲往里推,搞到最后连自己都挤不进去了,就抓紧门框,挂在车门上。挂在车门上的售票员是那时马路上常见的情景。

1992年,有一位老人在中国的南海边写下诗篇。88岁高龄的老人精神矍铄,话语铿锵有力,他说"坚持基本路线一百年不动摇""发展才是硬道理"。老人的讲话掷地有声,掀起一波解放思想、改革开放的大潮,这股春风携着改革开放的大潮给地处西南一隅的贵阳带来了翻天覆地的变化。

20世纪90年代,贵阳新百货大楼启用,正新商场、第一商场开业,紧接着,民贸大厦、时代广场、百货商厦陆续开业,中华中路成为名副其实的商业街。副食品、建材、家电、电脑、"五交化"、木材、皮革、文化用品、蔬菜、水果、花卉等专业市场开始出现。

此时正值我国国民经济"八五""九五"经济建设发展的快速时期,贵阳掀起一股建设高潮,城市建设得到突飞猛进发展。贵阳市委、市政府抓住改革开放的机遇,以道路建设为先导,走以路带房、以房补路的路子。贵阳城市建设驶入加速发展的快车道。

在春天,特别是春雨过后,竹笋长得非常快,几天的工夫,刚刚钻出地面的竹笋就会长成高高的竹子。在基建大改造的热潮期,贵阳像这春天的竹笋一样,以肉眼可见的速度一天天长高长大起来。基建热潮引来大量的农民工进城,在深挖管道和背篼等苦活、重活现场,随处可见他们的身影,晚上的青云路、兴关路夜市就是他们辛劳一天后对自己的犒赏。

原针织厂建材城门口的工人在没有活儿干时打牌消磨时间

青云路、兴关路住的大多是以前棉纺厂、针织厂等工厂的工人,这些大型工厂关闭后,附近的困难家庭为增加收入,踩着城管下班的时间,每天傍晚后"咕噜咕噜"地推着简易的推车出来了。随着夜宵的小摊摊一个接一个摆出来,街道上开始升腾起各种各样的香味。摊位简陋,也谈不上卫生,胜在价格实惠、味道好。陈进国和姐姐写完作业就带上零花钱下楼去"潇洒"了,2角钱一瓶的冰汽水,1角钱一串的烤肉,还有5角钱一份的小豆腐……热气腾腾的烟火中,姐弟两人看着这个城市和自己一起长高长大。

在这个时期,青云路原本的三层小楼很多都拆迁盖起了七八层高的新楼。最先完成的是青云路95号,这是当时邮政系统的宿舍。接下来,青云路97号、101号、105号、107号、109号相继完工,这些新房很快被塞得满满当当,省纺织品厂、省轻纺建筑公司、开磷集团、市化工供销公司、区税务局等的职工,还有一些拆迁安置户等陆续住进了青云路。

1998年,当时的青云巷居民委员会除了书记和主任外,还有4位委员,分别负责综治、计生、民政、城管工作。这也是当时居民委员会的普遍配置。居民委员会的书记和主任是两位和气的大妈,看着姚红从新媳妇成了一个妈妈。有一天,居民委员会主任来到姚红家,说:"小姚啊,我们居民委员会的计生委员因家中有事要回老家去了,你有文化,做事情又细致耐心,正好孩子也上学了,你看能不能来我们居民委员会工作?"姚红毫不犹豫地答应了,没想到一干就在这青云巷居民委员会干了20多年。

姚红接过了计生委员留下的厚厚的几十本家庭档案，每天奔走在青云巷的各家各户，谁家女儿嫁出去了，谁家娶了媳妇、添了胖小子，都用铅笔记在厚厚的本子上。目录位置就是统计报表，每次有变动，姚红就用橡皮擦擦掉了重写。无论谁家的资料，姚红分分钟就能翻到。在走街串巷中，哪家的家长里短，姚红都一清二楚，姚红喜欢这份工作，不仅是喜欢这种和街坊打成一片的感觉，还因为工作给她带来了成就感和快乐感。

其实居民委员会工作是琐碎的。青云路有当时最大的马路市场，汇集了各种小摊贩，有挑着担子的，开着三轮车的，他们带来了各种新鲜水嫩的蔬果，也留下满地的菜叶、垃圾。当时的人行道路是一块块方形的砖铺成，压损严重的地砖下面总是暗藏着黑水，一踩就溅出黑水喷人一裤腿，贵阳人称之为"眨眼石"。多年来，姚红都保持着一个习惯，附近有修路的、盖房子的就拿着桶去要点水泥砂浆，把路边的"眨眼石"用砂浆填一填。

跨世纪

跨世纪

1999年12月31日,这个岁末之际格外引人注目。身处不同经纬度的人们都做着同一个动作,都在急切地看着秒表一点点地跳动着,等待着零点钟声的敲响,热切地迎接着21世纪的到来,那是人们对一个新纪元的渴望,对美好生活的渴望。

虽然,这不过是个时间计算的节点而已。但跨过了这个节点的20年来,中国发生了举世瞩目的巨变。贵阳也从一个脏乱差的小小山城,变成了一个高楼林立的现代都市。贵州省民族博物馆、贵州省政府建筑群、贵州省委办公大楼、筑城广场、贵阳亨特国际广场、恒丰贵阳中心、鸿通城购物中心等一批城市地标如雨后春笋般相继建成。

2008年，贵阳火车站掠影

1999年，贵阳市政府加强了对城区两大污染源的治理，贵阳钢铁厂和贵阳电厂的污染物排放一定程度上得到控制，煤气使用率迅速提高。南明河清淤开始，大规模旧城改造开始……短短3年，贵阳一环内的所有大小街道全部拓宽，大部分破旧瓦房拆除，狭窄的中华路成为通衢要道，遵义路扩建为敞亮的迎宾大道。

这一年，湖北人王玉耳下岗了，她带着7岁的女儿刘珍丽四处找活路。她们来到贵阳，正值盛夏时节，这里的凉爽舒适让王玉耳动了心。留下来干点什么谋生呢？夜晚的贵阳给了王玉耳答案。

王玉耳的老家在湖北荆州,晚上八九点钟,街上就没什么人了。然而,在贵阳,这个时段的夜生活似乎才刚刚开始。深夜12点,街头依旧热闹非凡,吃烧烤、喝啤酒的人聚集一堂,享受着夜晚的欢乐时光。青云路、兴关路两旁的夜市摊位,从零星经营到如今的规模发展,历时十几年,已成为城市中的一大亮点。这里汇聚了各种美食,有水饺、粉面、炸洋芋,还有烤肉、烙锅等。有的摊位前甚至摆了十几张桌子,座无虚席。王玉耳看到了商机,这么热闹的地方,无论卖点什么都能挣到钱。

发掘黔菜文化传统,汇集贵州各地菜肴的"仟纳"餐厅创始人俸千惠曾撰文《贵阳,那一吃的风情》,文中写道:"贵阳如此多的夜宵,并非贵阳人特别爱吃夜宵,而是贵阳人对生活过于热爱,所以他们总不愿早早睡去,而是尽力将白天的喧嚣向着沉沉夜幕不断延展,用生命的欢歌打破夜的沉寂……贵阳的普通百姓,更是以草根特有的达观乐天和智慧,钻研出层出不穷的各种吃法。猪内脏和槽头肉没人要?那就拿来做肠旺面好了;豆腐块用锯木面烤一烤,就是豆腐果;一张面皮加上几根菜丝两粒黄豆,便成了丝娃娃……"

文中所写的肠旺面是贵阳的传统小吃,也是夜市摊中不可缺少的美食。一碗金黄的面，面条制作时加了鸡蛋和碱，所以格外脆弹，覆上红红的辣油、洁白的肠、鲜嫩的血旺，外加几根雪白的豆芽、翠绿的葱花，黄红绿白，有色有味。贵阳人之所以爱吃肠旺面，大概是因为肠旺面和贵阳的气质很像。肠、旺、臊子、豆腐兼容并蓄，是贵阳多元文化的体现，而热辣的口感，更代表着贵阳人火热的性格。贵阳人喜辣，夜市摊上多是"红、重、香"等口味的食物，王玉耳就想创新一下吃法，做甜口的豆花。红的西瓜、黄的芒果、紫色的火龙果，切成方块，再加几块软糯的香蕉，各色的水果铺在白嫩的鲜豆花上，再加上椰汁，放上冰沙，清凉爽口，又可解腻。王玉耳买了辆二手的不锈钢餐车，带着女儿加入了夜市摊，王记甜品珍珍水果豆花就此诞生了。

清爽可口的水果豆花一上市就很受欢迎，油滋滋、辣乎乎的烤肉吃下去满口热气沸腾，配上一口清凉爽滑香甜的豆花，解暑解辣，与这火辣的夏日夜市相得益彰。年幼的刘珍丽长着圆圆的脸，像豆花一样，甜甜的，谁见了都喜欢，都想摸摸她的小脸逗弄一下，再买份豆花带走。王玉耳就这样带着女儿在贵阳扎根下来。

这一年，从小就在青云路长大的小伙子陈逐波也加入了夜市摊。他的爷爷曾是国民党的少将师长，父亲是贵州建筑职业学校的校长。陈逐波长得颇有几分英气，粗黑的眉毛，大眼睛，双眼皮，国字脸周正帅气。这小子从小不爱读书，倒是对美食颇为喜欢，爱吃，也爱研究吃。陈逐波说："海鲜的做法大多是清蒸和白灼，不符合贵阳人的口味，我要做香辣的、爆炒的，做贵阳人爱吃的海鲜。"陈逐波跟着表哥搭了一个简易的棚子，在青云路摆个摊开始做生意，不锈钢餐车上挂个红艳艳的招牌，名字就叫红火火海鲜，炒小龙虾、河贝和螺蛳。3米长的摊位摆放着6张桌子，一开张，每天都顾客爆满。忙不过来，他们就招了个小工帮忙。小工叫孙太军，才16岁，刚离开老家遵义绥阳来到贵阳，长得瘦瘦高高的，顶着一头浓密的头发，像个豆芽菜，一副弱不禁风的样子，说话做事都怯生生的，好在踏实肯干。几个人总是忙到凌晨四五点钟。

2005年，一个精瘦的小伙子同样加入了夜市摊。小伙子叫鄢圣宗，遵义人，他从17岁起就从遵义到贵阳来学习烧烤技术，20岁就独自经营烧烤摊了。小伙子长得白净斯文，略显单薄瘦削，干起活儿来却干脆利落。他的烧烤摊主打的是麻辣鲜香的烤鱼，烤鱼的制作过程非常讲究，首先选取活鱼进行宰杀、清洗和腌制，然后在炭火上精心烤至九成熟。接着，将烤制好的鱼浸没在特制的麻辣调料中，使其充分吸收调料的味道。最后，再将炒好的洋葱、洋芋、芹菜等丰富的配菜盖在鱼上，铁盘下的炭火持续加热，使得汤汁咕嘟作响，香味四溢。尽管排队等候的时间可能很长，但这盘色香味俱全的麻辣烤鱼却让人欲罢不能。很快，10多张桌子就坐满了食客，于是又增加到20张桌子，依然座无虚席。到了第二年，鄢圣宗在青云路123号租下了一个近300平方米的店面，仍然人头攒动，门口经常排起等待的长队。这家店的名字叫周记留一手特色烤鱼。

周记留一手特色烤鱼店前经常排起长队

2008年，任姨妈来到了青云路，在王玉耳的水果豆花摊旁边找了个空位，开始摆摊卖牛肉粉。任姨妈自18岁离开老家到贵阳谋生以来，历经花溪、贵定等地，做过多种生意：卖鱼、卖肉，挑担卖菜，摆摊卖货……她虽然身材瘦小，但体内却蕴藏着巨大的力量。无论是大块的牛肉、大桶的肉汤，还是大袋的花椒和辣椒，她都能轻松地拎起就走，绝不拖泥带水，讲起话来声音响亮，也从不拐弯抹角。她的牛肉粉摊很快也成了昼伏夜出大军中的一员。虽然摊位没有名字，没有显眼的招牌，但熟悉的顾客总是热情地喊声："任姨妈，来碗酸粉！"

任姨妈牛肉粉摊

原本在油榨街一带推着小车、架着烤肉架沿街售卖的胡姥陆烤肉也加入了青云路的夜市大军，专营烤鲜牛肉及爆炒系列。其烤好的牛肉肉质细嫩，味道鲜美，香味诱人，再搭配上家传秘方的特制折耳根蘸水，更是深受广大食客的喜爱。

每到傍晚时分，青云路涌动起热气腾腾的烟火，拉开专属于夜的精彩序幕。销量最大的莫过于烤肉串。烤肉串有着悠久的历史，从汉代墓葬中出土的画像石上我们就可以看到古人烧烤的情景。在甘肃河西走廊的魏晋时期壁画墓中也有许多描绘人们正在烤肉的画面。即使跨越了千年的时空，烤肉串这份美食的诱惑仍然不减。升腾的烟火引发肉类的美拉德反应、脂质氧化和硫胺素的降解，释放出迷人的香味。热量则加速了这些香味成分的分子运动，使它们在空气中扩散开来，无须吆喝就能吸引顾客前来品尝。青云路的人流量大，小摊小贩的生意都还不错。随着夜市规模的持续扩大，夜宵的品种也逐渐增加，从小龙虾、烤鱼到烤脑花等各类美食，一应俱全，满足了食客们的各种口味需求。

除了夜晚时分升腾起来的烟火，白天，青云路有种类齐全的海鲜市场和市内最大的农贸市场。菜场人头攒动，讨价还价的声音、吆喝的叫卖声，叠加着这个城市市井百态,连同着码放整齐的各色食材,混合成立体的生活滋味。大自然把季节更替的信号最先从土壤里传递出来,那些在阳光下和雨露滋润中生长的食材,春笋、蕨菜、香椿、紫花菌、八月瓜……每一种都承载着季节的气息和味道。这些时令鲜货往菜场门口一摆,就像四季伸出的触角,勾动人心底的感动。

改造前的青云路海鲜市场

汪曾祺写过一段话:"到了一个新地方,有人爱逛百货公司,有人爱逛书店,我宁可去逛逛菜市场。看看生鸡活鸭、鲜鱼水菜,碧绿的黄瓜,通红的辣椒,热热闹闹,挨挨挤挤,让人感到一种生之乐趣。"新路口市场是脏乱的,由于海鲜摊多,甚至是潮湿的,腥臭的。但菜场里鲜艳的红，青翠的绿，浓郁的紫，以最贴近自然的颜色拼凑成这份平凡的人间烟火，呈现了生活最真实、质朴的模样。这里有很多广东人在做海鲜生意，来自广州的小伙子黄金就爱到这里和老乡聊聊天，再带点海鲜回家。

无论是白天熙攘的菜场、夜晚喧嚣的夜市，还是缝纫、扦裤边和修锁、配钥匙的小摊点，青云路流转着季节变换带来的时令新鲜和惊喜，也充满了百姓认真生活着的平静和满足。所有人都在用力地生活着，为柴米油盐而忙碌，为朴素的生活烦恼而扰，也为生活的点滴馈赠而笑。

若干年后，当我们再次站在那个特定的时间节点，回望这条曾经的长街，会不由得心生感慨。如今，高楼大厦已在此拔地而起，青云路已然改头换面。正在四处打工的黄金没有想到，十几年后他在青云路开了家名叫"有味咖啡"的咖啡店，还在贵阳开了多家分店。那时每月仅拿着120元工资的孙太军也没想到他20多年都没离开过青云路，后来成了厨师长，工资翻了近百倍。

美食江湖

对于贵阳人来说,青云路夜市就是一个活色生香、人声鼎沸的江湖,从一长串的美食摊位走过去,一定会有一款美食拖住匆匆的脚步,让人欲罢不能。

深夜食堂

2010年,为改善市容环境卫生,进一步整治中心城区占道经营问题,南明区政府对青云路、兴关路上的零散摊贩进行统一管理,将辖区夜市摊贩"化零为整"规范至青云路,并为商贩配置了统一的不锈钢餐车,安装了油烟净化器和污水处理器，附近的兴关路夜市由此迁入青云路，与青云路原有夜市融为一体，形成全长700多米的"青云路夜市"。

这一天，任姨妈用抹布一遍遍地擦着锃亮的不锈钢餐车，黑瘦的脸被笑意给堆得满满的。大大的红色招牌挂在崭新的不锈钢餐车上方，"任姨妈牛肉粉"几个大字闪闪发光。

和任姨妈一起得到崭新的餐车的还有200多个商贩，原本大家是"占地头式"地零散经营，现在有了固定的位置，不用躲着城管，而且有统一的规范、统一的管理，同时地面的卫生也由专人负责清理。赵玉莲水饺、北海生蚝、丹姐海鲜武汉油焖大虾、诸葛烤鱼、水城烙锅、王记甜品珍珍水果豆花、胡老六铁签烤牛肉、老幺夜市鸡丝豆花面……一家家闪亮的招牌整齐排列着，照得这条长街一

一条长街，一路美食

片亮晃晃的。

统一规划后的青云路夜市干净整洁、焕然一新，200多个夜市摊位整齐列队，等待夜的来临。在那个还没有朋友圈宣传的年代，青云路夜市凭借着"好吃、不宰客"的口碑在顾客间口口相传，吸引了越来越多的食客。"不宰客"是青云路数十年来的规矩，也成了大家口口相传的"人气密码"。这大概因最早的经营户就是附近居住的下岗职工，他们的顾客也多是邻里乡亲，长此以往，便形成了一种传统和规矩。商户们说："青云路数十年来一直有着很好的口碑，有口碑就有人流，有人流就有利润。我们只追求我们正当的利润，没有坑，也没有陷阱，无论是本地人还是外地人都能放心地来吃。"

有人把青云路称为"忘忧路"，长街花花绿绿的霓虹灯，像走进电影里，和这里的人气、锅气、香气，还有酒气，共同构成浓烈的市井气息。每当夜幕降临，下班的人们约上三五好友，吃点烧烤，喝点小酒，在天南海北的龙门阵中，在嘈嘈杂杂的烟火弥漫中，一天的疲惫就放下了。有人说："青云路夜市对我而言，已经不像是吃饭的地儿，更像是避风港，苦了累了，来这里吃个烧烤，发个呆，看看别人，也算是一种放空。"

有初识的朋友在这烟火中敞开心扉，有老友在这就着美食把酒言欢；有把心爱的恋人带来，以一份酸甜爽口的水果豆花换来美人的莞尔一笑；也有恋人分手前的最后一餐，试图以美食把悲伤和遗憾挤出去。这短短几百米的夜市见证了多少谈笑风生，见证了多少悲欢离合，见过得意时的神采飞扬，见过失意时的黯然神伤，有多少笑声曾在烟火缭绕中响起，也有多少泪借着烟火黯然滴落。

不少来贵阳旅游的食客，刚下火车或飞机，便直奔青云路而来。虽然就餐环境简陋，炊烟缭绕，却人声鼎沸，每家摊位前都围满了顾客。服务员小心地端着盘子从坐得满满当当的顾客中见缝插针，寻找空隙上菜。老板一边忙着烹饪，一边忙着收钱找零。

任姨妈的牛肉粉摊前总是排着长队，即使一家人全上阵，还雇了5个服务员，排队的队伍也未见缩短。队伍前面刚走一个顾客，队伍后面就又来了一个，似乎达到了一种动态的平衡。这里经常接到20碗、30碗的大单，一晚上能卖出近千碗牛肉粉。为此，任姨妈在青云路租了间房子当操作间，每天要煮三大锅牛肉。有人说贵阳有两家粉占据了大半个市场：白天是尚义路的老贵阳全牛肉粉，夜晚则是青云路的任姨妈牛肉粉。当然这过于夸张了，但也体现了贵阳牛肉粉的两种风味——老贵阳全牛肉粉汤汁香味浓郁，很多老贵阳人爱这份"敷嘴巴"的过瘾，任姨妈家的汤汁清淡鲜美,各具特色,食客们各有所爱。任姨妈对自己的牛肉汤颇为自豪,总是提醒客人先尝尝汤再吃粉。

任姨妈牛肉粉的对面就是王玉耳的王记甜品珍珍水果豆花,两个都是青云路的"人气王"。很多食客在吃了任姨妈牛肉粉之后,常会再到对面来一碗清凉爽口的水果豆花。两家店主经常一边忙着手里的活儿,一边隔着马路大声相互喊着:"任姨妈,来碗酸粉。""王姨娘,来碗豆花。"马路这边和那边的食客也有熟识的,互相打个招呼串个场子,更有十几张桌子都有熟人的,满场打招呼、谈笑风生。十几岁的刘丽珍一边在摊上帮忙,一边嘀咕着:"你说这

每到夜幕降临,王记甜品珍珍水果豆花门前总是排着长队

世界说大很大,说小也小,你看这十几桌人怎么都是认识的呢?"

网友小A在大众点评留言道:"印象中,站在赵记水饺的玻璃橱窗前,只见几个阿姨的双手翻飞,那包饺子馄饨的熟练程度真是让人悦目。人不多的时候,感觉看着看着饺子就出锅了;人多的时候,老板娘会招呼一声晚点来取。我从来没在她家摊位上坐着吃过,印象中每次去都有人在等。味道肯定不用说,馄饨也是我的最爱,汤里加了肉末,撒点煳辣椒,不说了,口水下来了哦!"

赵玉莲鲜肉水饺员工正在马不停蹄地包饺子

包子妹妹本是一个做烧烤配菜起家的烧烤店，因菜品新鲜，配料入味，慢慢地就成了青云路上红极一时的烧烤店。据说，最绝的是他家的蘸料，一碟三格，每格的风味不同。海鲜酱配花甲，辣椒面搭配烤得金灿灿的五花肉，加一勺折耳根，用生菜包裹，便是人间美味。

食客们在美食的抚慰下放下了疲惫，摊主们也在马不停蹄地忙碌中和不断地进账中忘记了疲惫。直到凌晨两三点钟，摊主们才收起摊位，带着鼓起的腰包和一晚的辛劳回家休息。而第二天，他们又会早早起床，开始准备食材。

青云路是很多外地游客来贵阳的打卡地，回忆留在很多人心中，也留在大众点评等网站上。一位中国台湾游客这样描述："贵阳的青云路夜市和中国台湾的夜市完全不同，不是摊贩各自摆出摊位来，而且在一条长长的可以通车的马路两边，整齐地分布了店铺招牌，里边才是摊位，周记留一手特色烤鱼让人印象深刻，人气最旺，占地貌似也最大。"北方网友晓阳说："值得推荐的有王旭甜品的冰粉和小汤圆，任姨妈的牛肉粉还有牛肉粉旁边的烤肉，可以来'一条龙'嘛，打包冰粉到烤肉摊那里点上烤肉，等烤肉的过程中再来牛肉粉，要是老友相聚，再配两瓶啤酒，南方城市的夜生活总让北方人留恋很久很久！"

青云路停车难，划定的停车位满了，车主就只能胡乱停，吃饭时商家专门派人在路上盯着交警，看交警来了就喊一嗓子，食客们纷纷放下碗筷去挪车，待交警走了又继续回来吃饭，食客自嘲："吃个夜宵吃得提心吊胆，但还是来了又来，禁不起这美食的诱惑。"在这个活色生香、人声鼎沸的江湖，总会有什么拖住了人们匆匆的脚步，让人欲罢不能。

2017年2月，为解决夜市产生的油烟问题，南明区政府通过多次调研后，决定在青云路夜市统一安装油烟净化设备，并确保只有设备安装合格的摊位才能重新开业。虽然安装油烟净化器有财政的补助，但每个商户也要出部分钱。初期很多摊主不理解，不愿意装。时任南明区综合行政执法局局长的陈刚瘦瘦的，戴着眼镜，看上去文质彬彬，做起事情来却坚决果断。他每天都到现场，守到凌晨大家收摊，坚决要求安装合格才能重新营业。

青云路上的周记留一手特色烤鱼、红火火海鲜等已经成为远近闻名的餐饮品牌，是青云路夜市上最具规模的两家店铺。最先支持统一安装油烟净化设备决定的也是他们。红火火海鲜的老板陈逐波说："别看我学上得不多，但是我爱看书，特别是明史、清史。我骨子里还有点忧国忧民的情怀。经营夜市生意20余年，我知道夜市经营想持续长久地发展，必须规范、环保，所以我们对安装油烟净化设备非常支持。虽然商户在安装油烟净化设备过程中需要承担一小部分费用,但是换来的却是经营户长久健康的发展,很值!"

在青云路夜市管理过程中,鄢圣宗和陈逐波作为商户代表一直起到带头作用。先前撤垃圾桶、拆塑料大棚,这些整改决策也都是在他们的带动下慢慢实行开来的。但这一次,涉及金额较大,大多数摊主都不愿意跟上了。最先执行政策的两家成了青云路上唯一营业的,那几天生意极好。有一些摊主说起了风凉话:"哎哟,你看这两家最听话,一点骨气都没有。"

陈逐波和鄢圣宗说:"城管队员说的话商家不一定听得进去,我们兄弟喝点酒、喝点茶,聊聊天,可能效果更好。"他们就一家家去劝说:"国家和政府做这个决定短期是对我们有利益上的损失,但是长远看呢,只有跟着国家政策走,咱们的生意才能长久做下去。国家在帮我们,但是不能无底线地帮。说实话,你们都不装油烟净化器,都不营业,这条街就两家开业的,那我们生意更好,我们该更高兴才对。但是那样青云路夜市就废了。谁都希望自己的生意越来越好,但是从长远来看,只有这条街好,我们的生意才能好。咱们老百姓跟着国家的政策走一定能越来越好的。"

一两百家商户接连被说通,最后的几家也看到了大势所趋,选择配合整改。青云路恢复了往日的热闹,最重要的是加了油烟净化器后,环境更好了。一套长条状、户户相连的油烟净化设备能将吸入的油烟进行快速净化,然后通过排气管将净化后的空气重新排出。夜晚营业时浓烟漂浮的景象不复存在,空气中几乎闻不到异味。

青云路在时代发展中求新求变。很长一段时间,青云路的存在对于南明区乃至贵阳市都具有极大的作用,既解决摊贩生存问题,又通过"深夜食堂"的形式满足了人民对日益增长的物质和文化的需求。它铺展开的沸腾和绵延的烟火气,使其成为"本地人常来,外地人想来"的特色美食街。

退　场

2012年,陈刚担任兴关路街道办事处主任时,最让他头疼的就是青云路夜市的卫生问题。2017年,他担任南明区综合行政执法局局长,最让他头疼的还是青云路的卫生问题。

一上任,陈刚就到青云路去走了一趟。200多个夜市摊位摆放着87个垃圾桶,各种垃圾混装投放,地面还有不少没投进去的垃圾,垃圾桶里外上下都散发着异味,个个都是卫生重灾区。陈刚召集经营户代表商量后，决定把这些垃圾桶全撤掉，定点派车来收垃圾，要求所有的经营户分时、分类、定点投放垃圾。此举实施后成效显著，整条街渐渐变得越来越干净了，除了零星的纸屑和烟头，近百处卫生重灾区消失了。

自 2010 年起，零散的摊贩被整合起来，共同组成了青云路夜市。2015 年，青云路夜市自管会成立。2016 年，夜市又积极引入"智慧城管"，商铺实行"门前三包"责任制。2017 年，夜市在软硬件方面都进行了统一升级，

改造前的青云路（原针织厂建材城内）

包括"无油烟操作台""桌椅板凳"的标准化,以及规定明确的"进场时间"等。这几年,为了这一片人间烟火气,为了让"老"夜市焕发出"新"气象,无论是商家还是政府,都做了很多努力和改变。

城管局一再加大执法力度,对夜市摊点占道经营、乱搭乱建等违规行为进行打击,要求每户经营业主悬挂"禁止大声喧哗"的标牌,在一定程度上解决了夜市环境卫生不良、噪声和油烟污染较重的问题。2018年10月15日和16日,城管局更进一步,对夜市进行了为期两天的歇业整顿。在这期间,他们要求夜市摊主对摊点进行彻底的大扫除,并清洗油烟净化器,以提升夜市的卫生状况。同时,城管局还对夜市摊区的不规范广告牌、违规摆放的餐车以及违法乱搭乱建进行了专项治理,并邀请专业人士对夜市从业人员进行文明守法经营专项培训。城管局结合青云路实际制定了《青云路摊区量化管理工作方案》。方案要求摊区经营户设置统一的摊棚、统一的餐车、统一的桌椅板凳、统一的垃圾容器及泔水容器,配套统一的油烟净化器设备,统一使用规定的不锈钢环保操作台,统一完善上下水、电源等设施,从业人员要穿戴统一、整洁的工作衣帽等。南明区城管局还出台了量化管理标准,以最严厉的要求管理经营户。每个月被扣6分以上的经营户将停业3天进行整顿，罚款1 000元。扣满12分的商户将停业一个星期，罚款3 000元。

对城管人员陈进国来说，每天晚上还有一项重要任务是抓"偷油贼"。因为青云路餐饮店多，有人打起下水道里地沟油的主意。每天晚上都有人打开窨井盖，使用简陋的工具把地沟油舀到桶里，这种行为不仅违法，还会导致路面污染，严重影响市容环境。尽管保安24小时值守，并已成功抓获数名偷油贼，但偷盗地沟油的现象仍然屡禁不止。

久而久之，青云路上长年累月的油烟、污水、噪声问题也让周围的居民苦不堪言。夜市的下水设施不完善，污水横流，还有满地的油污，一路都是滑腻的。尽管每个摊主每月交了400元的清洁费，每天清洁工用大量的碱去清洗路面，但很多地方经年积累的油腻已经无法消除，仍有滑倒摔伤的事故发生。

一边是美食的抚慰，一边是附近住户的苦不堪言。每天的热闹喧嚣背后也有不少冲突和矛盾。青云夜市的城管每天都要处理数起关于夜市扰民的投诉。夜市最热闹的季节是夏天，楼下顾客喝酒吃肉，酣畅淋漓，而油烟和喧闹声让楼上的人一晚上不敢开窗户，又热又闷，大汗淋漓。有时怒从心头起，住户端起一盆水就往楼下倒。更有在气头上的住户，甚至会端起一盆尿倒下去。大大小小的冲突像山火一样，这边刚扑灭那边又起，城管队员和居民委员会的干部就像消防队员一样奔走在"火情"中，急于"灭火"，但仍被愤怒的风暴裹挟着，这风暴随时会把刚刚扑灭的"火情"复燃起来。更别提还不时有酒后打架闹事的，刘珍丽从小就在这青云路夜市长大，她说："我家从来不卖酒，就怕那些喝酒打架的，吓死人了！"

夜宵摊的楼上住着一个退伍的老干部，80多岁了，在南征北战中练就的铮铮铁骨也招架不住深夜喝酒、吵架、唱歌、划拳的吵闹声。很多次深夜，他穿上珍藏的军服，下楼给正在笑着闹着的食客深深地鞠躬，哀求道："求求你们让我多活几年吧，晚上休息不好血压升高，我这把老骨头可禁不起这样的折腾。"有的食客一边道歉，一边收敛声音收拾东西走人了，也有喝酒正在兴头上的，借着酒劲大骂："你这老不死的，真扫兴！"老人一次次深夜穿衣下楼，一次次鞠躬请求，仍一次次在深夜的喧嚣声中辗转不得入睡。

这热闹和喧嚣背后还有更不堪的一面。因为青云路夜市仅东段有一个公共厕所，离西段有近1千米的距离，很多喝醉的食客就在夜市摊后找个偏僻的地方哇哇大吐，更有甚者就地解决大小便。青云路背街的老旧院子更是随地大小便的重灾区，小区居民苦不堪言。居民委员会的干部更是早上一上班先拿着水管去冲扫路上的各种大小便。

随着时代的发展，青云路美食江湖看似平静的表面下，基础设施老化、业态布局单一、管理服务落后、油烟噪声污染等问题越来越显现出来，一场巨变正在酝酿着。

力量，是我在采访中感受最深的一个词。我看到平凡人为了实现心中梦想而奋力拼搏的力量，感受到下岗工人在清苦岁月中依然保持乐观、积极向上的精神力量，也领略了基层工作者默默奉献、忘我工作的坚韧力量……这些力量时常让我热泪盈眶，更为我敲击键盘时注入了心潮澎湃的动力。

在见到黄成虹时，她谈起推进青云路步行街改造的点滴，语调自信坚定，"力量"一词一次次闪现在我的脑海。正是这位端庄优雅的女区委书记，从提出青云路改造的设想，到排除万难推动青云路从夜市街到步行街这一历史性跨越。

2019年10月，黄成虹从贵阳市商务局调任南明区人民政府党组书记、区长候选人。来到南明区不久，黄成虹就去了青云路，青云路的脏乱顽疾让她皱起了眉头。

2020年夏，在创建文明城市的复查过程中，青云路存在的问题一再被揭露。7月13日，贵阳广播电视台的《直播贵阳》节目播出了一则名为《责任属于谁：青云路乱象多，市民盼整治》的新闻，报道了青云路与遵义路交叉口农贸市场门前存在的严重问题。据报道，该市场门前有污水不断流出，从市场台阶一直蔓延至人行道，散发出难闻的臭味。此外，大量随意停放的车辆导致交通高峰期出现严重拥堵。一个月后，贵阳市全国文明城市整改攻坚指挥部暗访三组对南明区展开暗访，青云路、兴关路仍然是野广告和垃圾遍地，角落里藏着大量废旧物品和杂物，臭水、污水横流。

积久成疾的青云路有一大堆无法掩盖和急需解决的问题。黄成虹想：在主城区每日人流量达万人的青云路，不应该如此脏乱差。这块顽疾怎么解决？在贵阳老城区，还没有一条成规模的步行街，如果要把青云路的问题彻底解决，那就干脆推倒重来，把青云路打造成全国知名的美食打卡地和西南旅游消费新高地，打造一条高品质的特色步行街，成为贵阳旅游的新地标。

三年后，在采访的过程中，我听到很多干部由衷地感慨："黄书记能提出这样的想法，做出这样一个决定，真的太有魄力了！"也听到很多百姓赞叹的声音："青云路的变化真是太大了，贵阳有这样一条步行街，作为贵阳人，我特别骄傲！"可是回到2020年的那个节点，当黄成虹这个想法一提出,从上到下,几乎得不到任何赞成的声音。大家都觉得这是不可能完成的事。路两边的住宅已经非常陈旧,如何打造成时尚的步行街?管网等配套设施如何解决?何况原本的 200 多家摊区的餐车有些已经层层转包、转卖,牵一发而动全身,一旦取消,引起的不仅仅是个别群众反对的声音。

青云路的改造做不做?怎么做?黄成虹反复思量,夜不能寐。一个个万籁俱寂的夜晚,她辗转反侧,不禁自问:"把青云路改造好是群众期盼的事吗?改造后能为群众创造高品质生活吗?能切实增强人民群众的获得感、幸福感、安全感吗?答案是肯定的,那这个事就是该做的,能做的。为官一方,总要为老百姓留下点什么。只要脚踏实地把好事办实,把实事办好,用工作实绩向群众交卷,就是对历史和人民负责。那就先把夜市摊拆掉,从退街入市做起吧!"

当早起的鸟儿欢快的鸣叫声响起,一轮红日正猛地向上一跃,冲破最后一点云雾的遮掩,喷薄而出。白昼已至。

告 别

2020 年 8 月 31 日这一天,在青云路一如往常的喧哗中,多了点不舍和悲凉。

有人在朋友圈发问:"青云路没了?"有人一本正经地回复:"不是青云路没了,是路边夜市摊摊没了。"三天前,青云路夜市管委会张贴了《青云路临时占道夜市摊区停止经营的公告》,上面写着:"自本公告发布之日起三日内,青云路范围内所有临时占道夜市摊区一律停止经营。"

青云路改造期间

有人专程来打卡,在每个摊位间拍照,说这条路承载了太多酒后回忆和对贵阳夜宵的喜爱,一定要来告个别。很多老字号前更是排起了长队。

不太会玩手机的任姨妈也应粉丝的要求建起了微信群,有很多粉丝加微信,在群里说:"要搬到哪里去?说一声，方便找。"微信群很快满员了，扩展成了4个群。

王记甜品放了块广告牌，打起了煽情牌："如果能活到70岁，你可能与200万人擦肩而过，迎接过25 000次清晨和黄昏，但请不要忘记还有10 000碗水果豆花待你始终如一。假如你还不能忘记我，请提前扫描二维码，我们再续前缘。"王记甜品的新店铺开在护国路，很多摊主在青云路没找到合适的店铺，只好在别处开了新店，煽情是为了把老顾客带到新店。但是有人说："分散了的美食就如同一个个没有躯壳的灵魂，飘散在贵阳的每一处。"有人伤感地说："什么都不想说了，每次加完班回家路上都会去吃碗牛肉粉或者鸡丝豆花面，我这以后加完班去哪儿填肚子？最后的念想都没有了，是该打算搬家了。"

青云路夜市管委会工作人员曾志伟曾是做海鲜生意的商户，后来加入管理夜市的志愿队伍，又成为夜市管委会的专职管理人员。这天他满心不舍："我看到有些商户生意做失败了离开，也见证更多的商户从一个小摊做起，最后开成了大店铺。不是我冒皮皮（说大话，自夸），我们青云路夜市是最受市民喜欢的！"

红火火海鲜的老板陈逐波同以往一样，闲暇时沿着路一家家数过这些老街坊，他说："这么多年了，每天走在这条街，遇到熟悉的人，打个招呼、递一根烟，或被邀去喝口茶,闲扯几句话,就觉得心里舒服。如果让我写一篇文章,我的标题就叫《青云路夜市:城市的回忆》。在青云路,是看不到天上的星星的,因为夜市的霓虹灯太绚丽了。明天天亮以后,摊位就撤了,会安静很多。以后来这儿的市民抬头会看见星星,但应该也会很想念曾经的灯火辉煌吧!"

平凡巷陌中的温情

这青云路夜市霓虹灯招牌绚丽的最后一晚，烤肉加了一把又一把，豆花被舀得见了底，仍有顾客摆弄着勺子，坐了半天不舍得离去。当夜市正式谢幕，正在收拾东西的摊主突然沉默了。当这些老邻居最后一次携手走在空荡荡的青云路上，突然泪水就充盈了眼眶。

在青云路摊区经营了20多年的赵玉莲水饺馄饨店已经在摊区后面租好门面了，老板娘说有了门面不用担心风吹雨淋，顾客就餐环境也更好了。烤肉摊的王大妈在青云路上干了几十年，决定干脆休息不干了。一向大大咧咧的她自言自语道："你看每天凌晨收摊，还要洗烧烤架，打扫卫生，回家洗洗弄弄就躺下，完全不想动了。睡不了多久，又得起床去菜场了，买菜买肉来穿成串，忙到下午，在四点半出摊前才得一会儿空，就得出摊了。这就这么过了几十年。这下可以闲下来了，可是闲下来了怎么还不高兴了？"胖胖的老公腆着肚子笑道："你是贱骨头。"王大妈一拳头打在他圆滚滚的肚子上："你不是贱骨头，你咋今天收个摊这么慢吞吞？"红桥老六烧烤摊的熊大姐说："今晚大概很多摊主都睡不着喽！"任姨妈收拾完东西，像十年前那样，用抹布把餐车擦了又擦，这餐车已经不再锃亮，几处锈迹斑斑，招牌也不再鲜艳，就像任姨妈脸上的皱纹多了几道，腰也弯了几分。任姨妈冲着对面的王记甜品珍珍水果豆花喊了句:"妹儿,来碗水果豆花。"刘珍丽抬起头:"任姨妈,来碗牛肉粉。"两个人都哈哈大笑起来,笑声中却带出泪来。刘珍丽认真地对任姨妈说:"我还是离不开青云路,我的店肯定还要回到青云路!"

当最后一次整理好东西,他们回头,青云路两侧的霓虹灯已经不再闪烁。

伤感的是商户和食客,也有人拍手称快:"青云路住户表示,拆了好点,你们只顾自己吃得开心,不知道我们多少人晚上遭呛醒、吵醒。"

时任南明区综合行政执法局局长陈刚回忆起这一天,用了两个字——平静,他说所有的商户都平静地接受了青云路夜市的退场。

这平静的背后是南明区的各级部门和工作人员做了大量的工作:200多家摊主一个个去做工作,帮他们解决重新找店铺经营的问题,沿途的搭建设施要逐一清理,各种管线要入地,燃气、供水管道要调整,青云路的通车功能取消,涉及的交通通行问题也要考虑到……

青云路上有个自搭的小摊棚,卖烟酒已经10多年了。因为青云路的改造,这个摊棚得拆掉。他找到兴关路街道办事处的工作人员王侃,说:"侃哥啊,我不是不讲道理的人啊!我给你算个账,我摆这个小摊,一年能挣6万元。

我这身体,至少还可以做 15 年。也就是说这个小摊能给我带来 90 万元的收入。不过这 90 万元我得劳动才能赚到,现在你们把摊子给我拆了,我不用劳动了,所以打个折,给我补偿 70 万元就行了。"王侃笑道:"这样算怕是不得行哦!"并把政策翻出来,一遍遍地给他讲。

以前的残疾人烟酒店

有软磨硬泡不想离开青云路的,也有巴不得赶快整改的。有一户在顶楼自己搭了个简易的棚子,在困难的时候确实解决了人口多时的居住问题,但是久而久之也有安全隐患,户主自己看着都害怕,说:"谢谢你们帮我拆了,特别是风雨天,我整夜整夜都睡不着,这万一吹下去可是要出大事！"

沿街楼栋的外立面要改造，超搭出的无烟灶台要拆掉，不锈钢的防护栏也要拆掉。有居民提意见："你拆无烟灶台可以，但这防护栏可是我的私人财产，我这要放花盆，要晾衣服，不能拆。"社区干部和城管队员一家家地去沟通、了解情况，通过发放补助、内设防护栏等方式，既保证了外立面的如期改造，又解决了百姓的实际需要。老旧小区普遍存在漏水的问题，顶层的搭建设施拆除以后漏水问题就更严重了，他们就给楼顶统一做防水。

有两栋楼原本没有安装一户一表，改造期间有居民愿意安装，也有人不愿安装，由于意见不统一，安装人数不足就没有改造。结果刚改造完，居民意见又统一了，要求安装一户一表，这意味着要在刚改造完的外立面上加外置的管线。又一次次开会研究，最后还是外加管线以满足群众的需求。有的居民一家8口住在五六十平方米的房子里，满足社区廉租房要求的，社区就打报告，解决他们的居住问题。符合低保条件的，就协助办理低保补助。总之，共性的问题共同解决，个体的问题个别解决，老百姓的问题和诉求踏踏实实地去满足。

沿线的数百户人家大部分都默默支持着路面改造，也有个别坚决不愿拆无烟灶台和护栏，使外观看上去不那么整齐和谐。陈刚每次路过时，抬头看看总觉得有些遗憾，但转念一想："也好，留点作纪念，这是历史的保留，也是政府和群众齐商共治的见证。"

青云路上没有那么多门面能容纳所有的夜市经营者，相关部门就积极去协调，"雅园"作为贵阳的老牌餐饮企业，提出了青云市集的设想，想在保留原青云美食、夜宵档口的基础上重现贵阳烟火市井文化，对原本青云路的老商户给予一定的房租优惠，鼓励他们留在青云路。青云路夜市改造完成、重新投入使用以来，南明区税务局打造"南税易办"服务品牌，围绕"个体户税费优惠""个税汇算""小微企业增值税优惠"等商户关注的问题定制宣传码，精准为个体工商户和小微企业送去政策"大礼包"，让"夜经济"店主们"一扫便知"，轻装前行。

当改造基本完成，管网入地后，电力部门运来了二三十个环网柜，每个环网柜足有一节厢式货车般大小，这是满足整条街用电保障的附加设施。步行街总计不足千米，这些一放，青云路成了环网柜青云路了。即使电力部门再三优化配置，还是有20多个大块头需要安置在青云路上。哪个商户门前都不希望被环网柜挡住，既要不影响商家的营业，又要不影响青云路的美观和实用，每一个环网柜的设置都得好好思考。区领导带着工作人员一趟趟地走在青云路上:"这个背街的位置能放一个,这个不挡门头的位置可以和商家协商一下,这里可以放两个,装饰一下,设计成景观墙。"二三十个环网柜接连被妥善安置,有的被装饰成不同风格的景观墙,成了青云路独特的风景和打卡点。

环网柜已经成了景观墙

是政府的贴心和细心，赢得了老百姓和商户的民心。

回顾这十年和青云路的故事，陈刚说青云路能呈现出现在的样子真的不容易，看到商户们脸上的自信和满足，看到街上群众愉快和满意，有两点最大的收获和感悟：一是要和百姓齐商共治，和经营户齐商共治，多沟通，多商量，听不同的意见和声音；二是要齐心协力，建设、管理、运营、服务、执法等各个部门整合力量，形成一致步调。

改造提升

一场雨后，凉风初起，树叶在空中打着旋，跳着秋韵迭起、秋意绵绵的舞蹈。人们常说"一场秋雨一场寒"，贵阳的秋却总是来得轰轰烈烈，断崖式的降温一夜袭来，就像青云路的告别，原以为会慢慢的，而实际上就像在一夜之间。

2020年9月24日，南明区综合行政执法局联合区公安分局、交管分局等部门和兴关路街道办、新华路街道办，组织100余人分成两组，对青云路夜市216家摊区餐车开展集中拆除行动，这标志着青云路夜市"退街入室"工作迈入新阶段。青云路夜市摊区拆除完毕后，南明区将根据规划把青云路全新打造成为南明区乃至贵阳市的特色文化示范街区，重装升级为夜间经济的升级版。

秋日阳光

这个秋，闪烁的霓虹灯不再装点青云路的夜，熙攘的人群不再穿行，昔日推杯换盏的笑闹被施工的"叮叮当当"声所代替。作为贵阳极具人气的夜市，自改造提升工程实施以来，青云路的一举一动被各界人士高度关注着。围绕着改造提升的争议一直没有停止，有期待着更好的青云路早日回归的，也有人在说丧气话："哪里红火，政府就要弄死哪里。我看青云路是彻底被弄死了。"人们对青云路的改变既怀着期待，也怀着忐忑。这叮当作响、欲语还休的旋律最终会奏出怎样的乐章？

拆是拆了，接下来怎么改？有人说："我们把餐饮业态全清理出去，海鲜市场和农贸市场给关掉搬走。没有了这些，青云路就不会臭，也不会乱了。"黄成虹斩钉截铁地说："绝对不行！青云路的烟火气延续了这么多年，这条街不仅是几百米的青云路，它承载着数百万贵阳人多年的美食情结和烟火记忆，还有数千万来过贵阳或者即将来贵阳的外地游客的记忆和期待，这是贵阳的城市记忆，是温暖的，是美好的，这珍贵的乡愁是我们一定要珍惜和保留的。不但烟火气要留，菜篮子也要留，必须让周边大量的居民，能继续享受便利的生活购物体验。"

就这么定了，青云路的变中必须"留"字当头。不仅留住烤脑花、烤肉串、烙锅等本地美食，还要留住农超一体化的青云路海鲜市场和新路口农贸市场。做出这样的决定是艰难的,更是创造性的。对于城市更新,整齐划一易,全部推倒易,难的是"和而不同",难的正是"留"。作为青云路改造的总设计师,黄成虹既要有拨云破雾、洞察未来的穿透力,又要有凝聚共识、指引前行的感召力。

悠悠万事,民生为大。一个党或政府是否真正代表人民、是否致力于改善民生,其重要衡量标准就在于制定政策或规划时是否充分听取了人民的意见。在改造提升前,南明区问需于民、问计于民,通过组织居民召开座谈会、"坝坝会"、走访居民、发放线上和线下调查问卷等多种形式,多轮多次认真听取群众意见和建议,切实把话语权、监督权、评判权交给群众。相关部门组织了92场居民座谈会和"坝坝会",派出干部走访居民46 000人次,发放了24 700多份线上和线下的调查问卷,民意调查覆盖率达到100%。从外立面改造的颜色、绿化带、灯光的布置、地砖的材质,到新的商业业态的引进规划,时任区长刘桂均、副区长杜敏等多次召开专题会议调度,大大小小的方案、会议不计其数。南明区特色街区和楼宇经济发展服务中心主任赵熊说:"仅处置相关问题的会议纪要和文件,摞起来就有一尺多高!"

谋篇布局,规划先行。南明区政府发布《临时占道夜市摊位退街入市工作方案》,明确青云路步行街改造项目是"贵阳市南明区青云路片区老旧小区改造项目"实施内容之一,将西起遵义路,东至纪念塔,全长920余米的青云路部分改造为步行街。方案要求以"主题鲜明、定位清晰、业态完整"的工作思路,坚持"有设计风格、有高辨识度、有文化传承、有贵阳味道"的原则,发展高端商贸业态,激活夜游经济,拉动城市经济发展。

天下事有难易乎?为之,则难者亦易矣;不为,则易者亦难矣。黄成虹说:"青云路步行街是彰显老贵阳城市烟火、展示南明精神气质的重要窗口,是重要的民生工程、民心工程,也是促进消费升级、提升城市品质、丰富群众生活的具体实践。要从群众最迫切、最需要的地方改起,有力有序、高质高效推进青云路改造工作,让人民群众获得感、幸福感、安全感更加殷实、更有保障、更可持续。要始终坚持以人民为中心的发展思想,以等不起的紧迫感、慢不得的危机感、坐不住的责任感,树立'共同体'理念,不断满足群众期待,更好赋能城市发展。"

干部职工们也被黄成虹的勇敢果断和执着毅力感染,把最开始的畏难、不理解转变为苦干实干的动力,他们说:"我们现在总觉得有一股冲劲,都盼着能把青云路早日改造成功,成就一番事业!"

青云路综合商业特色示范步行街改造项目施工现场

2021年10月7日，仍在改造中的青云路遍地泥泞，缠绕得乱七八糟的旧电线随处可见，沿着青云路一路排开的施工架外围挂着大面积的施工绿网，沿街的店铺被架子和绿布遮得几乎看不到。

已担任南明区委书记的黄成虹又一次带队调研青云路

改造前，居民正在缠绕的电线上晾晒衣服

步行街项目建设推进情况。看到黄成虹一行人，商铺经营者们纷纷围上前来，烤肉店的老板娘眼泛泪花，焦急道："黄书记，这改造都一年多了，什么时候能好啊？这到处施工改造，从街边走过基本看不到店面，我们现在生意太难做了，几乎就是靠老顾客捧点场。"

群众眼里的期盼和焦虑，黄成虹何尝不知，这焦虑也如鞭子一样在鞭策着她，让她彻夜难眠。隔一两个星期她就到青云路走一遍，无论是项目建设进度、立面道路改造、基础设施配套，还是农贸市场改造提升和业态布局等，都亲自指挥，逐项要求推进。她也一遍遍地把这鞭子加在相关负责的部门身上，要求全区各级各有关部门齐心协力攻坚，要快马加鞭，全力以赴推进青云路步行街项目早日建成。

黄成虹握着老板娘的手，说："大姐，为了保证青云路步行街项目建设早建成、早见效，南明区的每一个部门都在全力以赴，紧盯着时间节点和既定目标，抢时间、赶进度、抓质量、保安全。请你相信我，蹲下是为了跳得更高，停下来是为了走得更远，我们一定会还回来一个更好的青云路！"

守正与创新

守正，出自《史记》"循法守正者见侮于世，奢溢僭差者谓之显荣"，强调要坚守正道。创新，最早见于南北朝时期魏收所著的《魏书》，"革弊创新者，先皇之志也"，其义为变革与更新。

"守正"与"创新"揭示了变与不变的辩证关系。"守正"中的"正"指事物的本质和规律,创新意味着对"旧"的突破与超越。正是世代相传的守正与创新,激发了中华民族创新奋进的强大力量。

青云路的"正"是烟火气,"新"是人文气、文艺气。

青云路步行街的守正与创新,就是"保留它的烟火,完善它的配套,提升它的文化",充分尊重城市记忆、保留原生业态和老字号品牌。退街入市前的老字号,金牌肠旺面、但家香酥鸭、阿杜炒蟹、雷家豆腐圆子、花溪牛肉粉、任姨妈牛肉粉、华仔龙虾、广味园等,仍在青云路,延续着青云路夜市30多年的历史记忆和贵阳人对青云路夜市的浓厚情感。

街道两边的老旧小区和商户门面,没有全部推翻重来,而是以保留和提升为关键词,改造基础设施,更新建筑外立面,规范调整设计,增加夜间亮化,以期更能满足现代生活、商业的需求。老旧的临街楼房穿上了漂亮的外衣;之前盘踞在这条街道上空的"蜘蛛网"改成了更安全的电缆入地;影响城市街道风貌的配电箱和电线杆也进行了移除,用更科学的供电系统取而代之,原本杂乱的夜宵摊搬进了干净亮堂的门面。青云路83号,原本的贵阳针织厂摇身变为"青云市集",挖掘老文化,注入新业态,在保留原有老味道的基础上,将其建设为集文化体验、艺术休闲、商业购物等功能于一体,传统与现代相交融的潮流文化街区。

市民游客在"青云市集"中心广场休闲游玩

老烟火焕发新生机。南明区将青云路步行街划分为青云文尚、青云品尚、青云食尚三段进行规划建设。聚焦"招引一批新兴产业、提升一批重点业态、保留一批在地业态、搬迁一批传统业态、挖潜一批特色业态"的原则,探索多元消费的有机融合,致力于打造一个"怀旧+潮流、烟火+文化、在地+网红"的创新旅游消费空间。

"怀旧+潮流",是为了打造新型潮流集聚地。在保留青云路原生业态和老字号品牌的基础上指导商家提升品牌文化、配套服务软实力,改善装修环境、临建外摆硬条件。同时,引进黑蚊篮球、喵内、贰麻酒馆、五条友、电竞酒店等多家高颜值潮流业态,让"传统夜市"与"现代潮流"碰撞出新的火花,不断丰富市民夜间消费选择。"烟火+文化",是为了打造新型文艺社交空间。打破常规以品牌为导向的选品原则,遵循"一店一色"原则严选品类,通过逐一试吃甄选本地美食"天花板",做强步行街中具备核心吸引力的美食业态,以最本土的品牌和最正宗的味道打造贵州美食香气集聚地。同时,打造青云文创市集,设立青云创客空间,引进非遗马尾绣、十元茶馆、格物守艺DIY工坊等文艺业态,增加香薰蜡烛、中古店、杂货铺等文创品类,让艺术走进商业。"在地+网红",是为了打造新型消费网红市场。扎根贵阳在地文化和消费元素提炼,将大型铜雕"青云门"放置在青云路步行街东入口,为来往的居民和游客生动再现了老贵阳九门四阁的城市风貌。落实主力店在地化,引入贵阳本土的三克岛图书馆、匠人制味、壹2和3剧场、乖丸家等网红店铺资源,结合在地文化创作剧本开展剧本杀巡游和沉浸式体验活动,不断引爆青云路步行街网红消费热点。

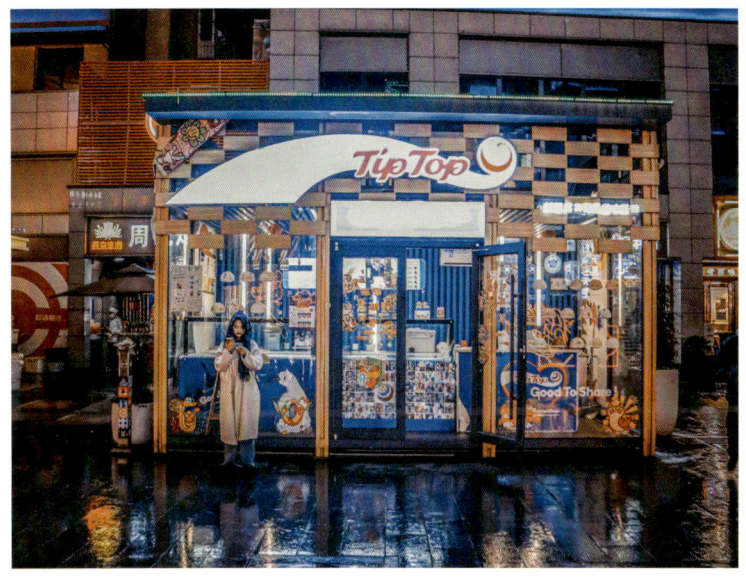

街中间散落的特色建筑

贵阳市文联党组书记、主席沈兵听闻青云路改造,颇感欣慰和期待,他说:"我去安徽、江苏、陕西等地参观游玩时,都能感受到当地文化、历史元素等在旅游景点的体现。贵阳市正缺乏接地气、有烟火气的步行街。青云路的改造一定要有文化的支撑,一定要把贵阳的历史文化植入其中,增加文化艺术元素,让文化有烟火气、接地气,烟火和文化相得益彰,文旅商融合才有持久的生命力。"

于是,沈兵带着贵阳美术馆馆长冉茂烈、著名画家查晓等人一起到青云路去走了一趟,在门头、路牌设计、文化特色打造等方面提出了不少建议。他还特别提出,老贵阳"九门四阁"是贵阳城历史文化的浓缩和精髓,以老东门、新东门、大南门、次南门、大西门、威清门、六广门、洪边门、北门为"九门",以文昌阁、玉皇阁、灵官阁、皇经阁为"四阁"。贵阳有句俗话:没有走遍"九门四阁",讲不出"十八个狮子对面笑""过桥不见桥""过庙不见庙"这些所在,就不够称为"老贵阳人"。沈兵建议在青云路的改造中增加"九门四阁"的元素,市民可以在这里追忆

由"九门四阁"元素构成的青云门雕塑

老贵阳的历史文化印迹，外地人则可以通过"九门四阁"了解贵阳的文化底蕴。

后来，在青云路东入口处，一座融合"九门四阁"设计元素的"青云门"雕塑亮相青云路。贵州省美术和雕塑研究院院长李钢解释说，此雕塑象征着人们可以一步跨越"九门四阁"，寓意平步青云、青云直上，不仅具有美好的寓意和彩头，更体现了积极向上的生活态度。穿过青云门，讨个"好彩头"，然后行走于"平步青云"街，感受"此去腾风而起，振翅于万里青云之上"的豪情壮志，这就是历史街区"文脉活化"的魅力所在。

青云门前后、左右矗立着四根浮雕图腾柱，前两柱分别雕塑了两位为贵州做出杰出贡献的外省人：一位是在贵州龙场悟道、讲学授徒的王阳明，另一位是促进贵州科甲挺秀的明巡抚江东之。后两柱分别雕塑了两位杰出的贵州人：一位是北京大学首倡者、中国近代教育之父李端棻，另一位是顾全大局维护国家统一的水东统领刘淑贞。前文写到的贵州第一辆汽车的模型在青云路也能看到。城市烟火辉映下的青云门和图腾柱以其独特的方式唤醒了青云路这条近百年老街的文脉。

四柱之一：明巡抚江东之雕塑

在对青云路及周边道路（街巷）商业业态、服务、环境等方面进行升级改造的过程中，南明区科学划定"留、改、拆"区域，留住城市烟火、留住城市文脉、留住城市风貌。它将专属老贵阳的记忆存档于此，把历史文化元素和贵州的风貌和特色植入电子显示屏、城市家具、景观小品等载体，也将崭新的风尚镶嵌进老城肌理，成为集"食、游、购、文、娱、体"等功能于一体的特色步行街。

华丽
回归

2022年1月20日,青云路披上"新装"华丽登场,盛大开街。当倒计时数过,开幕式现场设置的大门缓缓开启,灯火辉煌、人声鼎沸的青云路熙熙攘攘。

凌晨时分,黄成虹发了一条朋友圈:"告别是为再见,再见即重生,美好刚刚起步。"文后配了3个加油的表情。

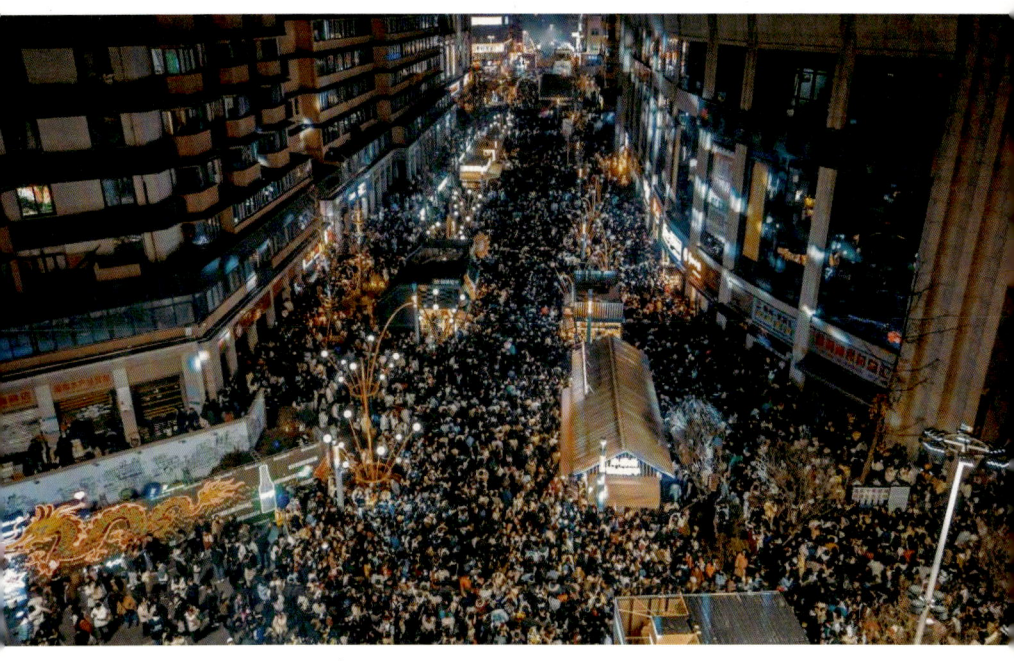

青云路正式开街,人潮涌动

新开街的青云路好评如潮。青云路的改造为老城的更新改造提供样本参考,后来南明区又相继改造了曹状元街和南横街等。

青云路的霓虹灯亮起了。如果说以前青云路上的霓虹灯像老电影里的场景,新的青云路上的霓虹灯则把多彩贵州、绚丽贵阳融进了城市灯火中,打造了立体夜景照明系统,展示与众不同的视觉效果。

一位游客夜游青云路后改编《天上的街市》中的诗句:"远远的街灯明了,好像闪着无数的明星。天上的明星现了,好像点着无数的街灯。我想那爽爽的贵阳,定然有美

青云路的改造为老城更新提供了样本

丽的街市……"我想起陈逐波在青云路改造前所说的:"以后来这儿的市民抬头会看见星星,但应该也会很想念曾经的灯火辉煌吧!"所幸,这份灯火辉煌仍在,更闪耀着"历史"与"时尚"的璀璨之光。

街区主题色彩均依据贵阳的自然地貌、饮食风尚来提取,以"云"为灵感,抽象出云纹脉络。经重组、创造、形成交错穿插的设计语言被运用到景观建筑设计之中。沿街对称布置智慧定制中杆灯,夜间保障地面局部区域亮度。智慧灯杆集音柱、监控、导示牌为一体。在路口处设置对称多头高杆灯补充功能照明,多角度投射保障路口功能照明的亮度与均匀度。结合高杆灯设置多功能图案投影灯，投射定制水纹、云纹、竹影、特色民俗图案等。

街道上时尚潮流的门牌

街中间的特色建筑

这里承载了贵阳人近百年浓厚的城市乡愁和美食记忆，如今以崭新的面貌喜迎八方来客。夜间图书馆、饮品小铺、文创小店等高颜值网红店铺鳞次栉比，各种新品植物构成的微型软景空间随处可见。

东经106.72，北纬26.57，就是贵阳

在长达 300 多个日夜的辛勤努力下，政府单位全力以赴，紧密团结，充分尊重民众意愿，深入考虑居民和商户的实际需求，并得到了他们的鼎力支持。青云路的更新蝶变提升了南明魅力成色。如今，以全新面貌呈现在大众视野的青云路，已不再仅仅是人们印象中的美食一条街。这里巧妙地融合了新旧元素，让青云路有了更多可能性。古筝演奏、网红打卡点、音乐酒吧、特色美食……让青云路成为宜居、宜商、宜游的综合商业特色示范步行街。

在这开阔的 1 041 米街面上，散落着 24 幢独具一格的临时建筑，瑞银鸟、乖丸家、去茶山、小磷食面点铺子等，

在这里，品味贵州，品味贵阳，品味过去

在点缀空旷视野的同时,对业态布局做了点睛之笔的优化提升。老店广味园还在老位置,红火火海鲜、任姨妈牛肉

改造后的青云路一角

粉、丹姐海鲜、武汉油焖大虾等都在青云路上找到了新的店面，老贵阳餐饮美食的集结继承并优化了原青云路夜市的精髓，形成了新老的呼应的美食夜经济口碑。游客们可以在这里品味到地道的贵州美食，感受到浓郁的贵阳风情，同时也能够回味贵阳过去的岁月，真正实现了"品味贵州，品味贵阳，品味过去"。

走在现在的青云路上，没有车流繁杂，有的是鲜花绽放，绿草摇曳。烟火气与浪漫气息给游客带来不一样的潮玩体验，是夜贵阳魅力的尽情绽放，也是夜经济的繁荣体现。

青云路把散落的文化点位串珠成链，以它独有的城市韵味让多年留存下来的喜怒哀乐与城市融为一体。一边是商业街特有的热闹喧嚣，一边是文化积淀下的静谧雅致，青云路成了很多游客来贵阳的打卡地，游客们在川流不息的人群和各种美味小吃之中领略到了不一样的贵阳风情。

青云路是贵阳的一张名片，是"本地人常来，外地人想来"的城市客厅，是一个对外展示贵阳精神气质的"文化窗口"。在这样的城市客厅，既可以享受生活的便利，又有潮玩的新奇体验。

升　级

2023年元旦的前一日，我正在"三克岛图书馆"采访，遇到第二次来贵阳的吴颜如。

吴颜如第一次来贵阳是2022年初青云路开街时，她作为UCCA Lab[①]策展团队策划"南明赋——贵阳青云路公

[①] UCCA Lab 是 UCCA 集团旗下探索艺术多元合作可能性的当代文化平台。UCCA 集团以 UCCA 尤伦斯当代艺术中心为核心主体，致力于通过当代艺术推动中国更深入地参与到全球对话之中。

共艺术项目"展览。为了做好展览,吴颜如开始慢慢去了解贵阳的人文生态、饮食文化。她说:"贵阳作为中国西南地区的枢纽之一,来自不同民族、不同文化背景的居民在此融汇,别样的历史文化气息和充满活力的发展脉络造就了这座城市开放包容的多元基因。多样的地貌与文化在贵阳这片土地上孕育出其独特的味觉基因。在贵阳味道的背后,汇聚着鲜活的人、情、味、意,凝结成独有的城市人文性格,一旦接触后便念念不忘了。"

所以,这一次休年假,吴颜如带着朋友从北京直奔贵阳而来。两人下了飞机,拉着行李箱就奔青云路,直奔任姨妈牛肉粉。大锅里原汁原味的汤翻滚着,老远就能闻到浓郁的香气,肉片和牛肉粒覆盖在雪白的米粉上,浇上一大勺清汤,再放一勺牛油,油汪汪的,米粉弹牙有韧性,酸菜开胃爽口,汤浓郁醇厚,一口就满足了味蕾。南方人普遍钟爱米粉,湖南、云南、广西、江西等地,每个地方都有自己的米粉做法,贵州的粉种类很多,遵义羊肉粉、花溪牛肉粉、安顺牛肉粉、清汤鹅肉粉、水城羊肉粉、酸汤牛肉粉……对于吴颜如来说,任姨妈牛肉粉无疑是她心目中的首选。

这碗任姨妈牛肉粉热乎乎地下肚,便开启了快乐的贵阳之旅。冰浆、冰粉、烤鱼、烤肉串、恋爱豆腐果……一路品尝青云路的各种美食，味蕾的满足感远远超出了钱包瘪下去的速度。在贵阳"逛吃"了几天，吴颜如和朋友只有一餐饭是人均超过 100 元的。那是吃酸汤牛肉，几盘垒得高高的牛肉，吴颜如以为下面是垫的冰块，一层层地吃下去，才发现整盘都是实实在在的肉。两人吃得肚子实在塞不下了也没吃完。出了餐馆，门口有卖草莓的小摊，一问价，大的每斤 20 元，小的每斤 15 元。吴颜如和朋友相视一笑，私语："在北京这个价哪买得到？"买了草莓，两人又去做美甲，最后店主为难地说："你们加了图案，

青云路步行街开街活动暨 2022 年贵阳市新春年货节启动仪式

增加了难度和工序，一般的美甲我收 38 元，这个你们给 58 元，可以吗？"吴颜如二人却乐坏了："她咬咬牙问我们要 58 元，在北京至少得 258 元啊！"

吴颜如在元旦离开了贵阳，没能赶上元旦之后开始的"爽爽贵阳年·欢乐迎新春——青云启新年·百姓年货节"。整改一新的青云路步行街带来了更多空间和活动场地。沿街搭起了一个挨着一个的展棚，结合青云路步行街开市一周年契机，通过采用"线上＋线下"的模式，打造了"最年味商家评选大赛""最舌尖美食寻味大赛""年货直播展""青云主题展"等主题活动。此外，以年味年俗为主的"年在青云"、酒水茶饮为主的"品在青云"、干货水果为主的"食在青云"，80 余家优质年货商家入驻，为市民提供了千余种优质年货。街口的透明直播间引来很多市民围观，市民可以看到实物，在网上下单购买。

年货节那几天都是晴朗的天气，又恰逢周末，青云路上接踵摩肩，每个展位前都挤满了试吃的、购买的人群。蹄髈、辣子鸡、香肠、腊肉这些贵阳人年夜饭上必不可少的重头戏在年货节上格外受欢迎，扎佐蹄髈的销售员一边忙着收钱装盒，一边乐开了花，笑着说："往年是商品放着等顾客来买，今年是顾客在这里排着队等商品。年货节期间，最多一天能卖到 500 多份。"龙大哥辣子鸡摊位前同样排起了长队，合作商王先生说："活动期间每天都有回头客，年货节对商家来说是一个很好的机会，既满足了市民的需求，又为我们搭建了销售平台，希望以后每年都举办。"青云路步行街人头攒动，这久违的热闹景象给了商家满满的信心。市民买到实惠满意的商品满足地笑着，商家忙碌着，脸上挂着同样满足的笑容。

南明区配套发放价值25万元的政府消费券，步行街上设置了多处消费券领取点，市民能通过集章前往现场抽取消费券及各类奖品。步行街上还有"萌兔"和"财神"穿行其中，不定时发放山花冰激凌、刺梨饮料、南阿婆辣椒酱等商品的年货券，制造偶遇奖品的小惊喜。现场沉浸式年味体验互动街区，市民可以体验猜灯谜、吹糖人、糖画、捏面人、窗花剪纸等民间游戏，还可参与灯笼通道氛围体验、红包墙及许愿墙互动，欣赏国潮快闪及汉服、醒狮联袂表演，参观"九门四阁"艺术装置、茅台体验馆等，男女老少在这里都能有玩有购有乐。

南明区文联组织书法家现场书写春联和福字，一个个不同字体的"福"字跃然纸上，一对对吉祥喜气的对联一张接一张递到市民手中。民俗舞蹈、古琴、古筝演奏、魔术表演等让青云路充满了年味和文化氛围。整条街弥漫着辞旧迎新的美好愿景，更有对美好生活的向往。石大娘拎

青云路年货节舞狮表演

着两大口袋满满的年货,晃动着墨迹未干的春联感叹道:"这么热闹的场景已经好久没见到了,很高兴我们城市的烟火气又回来了!"

持续开展了10余天的"爽爽贵阳年·欢乐迎新春——青云启新年·百姓年货节"暨爽口美食节系列活动,不仅为市民带来了丰富的年货产品,还有力助推了消费复苏。活动期间,累计营业额1 600余万元,每日累计客流量近8万人次。

贺显龙是这次年货节招商的负责人,他家的年夜饭上一半都是自己从青云年货节买来的辣子鸡、扎佐蹄髈等菜,他感叹:"原本掌勺年夜饭的主力是奶奶和爸爸,随着年龄的增长,操刀年夜饭的主力军有点吃力了,而年轻一代大多不会做,没能接上班。这些菜一加热就可以上桌,无论卖相还是味道都很好,应该会成为年夜饭的主流选择。"

这是我们看到的热闹,在我们看不到的地方,为了这盛世景象,很多人在付出着劳动。

改造提升的成果不是一蹴而就的。尽管青云路回来了,但要想打造贵阳、贵州乃至全国的特色地标,还需要长久精雕细琢。

全省首家"特色街区和楼宇经济发展服务中心"成立了,作为牵头管理部门,它联动公安、交管、城管、住建、市监、商务、应急、消防、属地办事处等部门,探索物联网、大数据、人工智能等手段,在街区重要节点增设天眼等技术设备,对人、车、物等信息开展无感采集,进一步增强街区综合数据分析统计,提高社会治理工作的处置效率和智能化综合管理水平,打造青云路步行街智慧社区街区试点,发起成立青云商盟,通过座谈交流、沙龙活动等形式及时传达政府政策方针,听取商户对步行街发展的意见建议,解决商户管理困难、商业同质化等问题,形成

"共商、共享、共治、共建"的创新管理模式。

为营造干净整洁、文明有序的城市环境,南明区综合行政执法局、区商务局、区市场监管局、区委政法委、区住建局、区消防大队、区公安分局等相关部门及街道,经常联合对青云路海鲜市场开展综合整治行动。对青云路海鲜市场及周边区域进行"地毯式"排查,对乱排污水、无证经营、违反消防安全、"门前三包"管理、食品卫生安全规定等违法行为进行查处。在食品安全方面,年货节开展前,南明区对入场的32家食品经营商进行审核,建立健全入场食品经营者档案,做到底数清、情况明。在年货节期间,相关部门每天安排执法人员到现场进行监督检查,设置现场投诉举报受理点,依法高效处理消费者诉求,确保消费者购买到安全、放心的年货。

为了给市民、游客提供最具吸引力的消费场景、最具特色的消费体验,青云路步行街开街后陆续增加了16处极具特色的景观小品,用时令花卉装点节日气氛,对原设计绿化不足的地方进行了弥补,增加花钵、座椅等便民美观设施,并对街区部分灯光进行改造提升。

最喜人间喧嚣处

夜间消费,古已有之。孟元老在《东京梦华录》一书中记载:"夜市直至三更尽,才五更又复开张。如耍闹去处,通晓不绝。"

在升级迭代间,城市向规范化、精细化治理迈进,夜间经济成为城市经济发展的重要砝码。其繁荣程度堪称城市经济开放度、便利度和活跃度的晴雨表,夜间经济是城市竞争的新赛道、城市活力的新标志,也是打造城市品牌、推动消费升级的新引擎。青云路作为贵州的城市地标,正一步步走向全国乃至世界。对于贵州人来说,它是乡愁的承载地;对于外省人来说,它是贵州的又一张靓丽名片。

和2022年夏天一起来到青云路的还有大批外地游客。2022年7月25日,外交部发言人在互联网社交平台发文"升级改造后的步行街助推贵州夜经济"。关注贵州贵阳青云路步行街夜经济发展情况,并配图展示青云市集的特色美景。网友纷纷在下面热评青云市集:"有人在夜市或小吃摊的烟火中长歌纵酒,也有人眼波流转迎面撞进夏日晚风。"不少网友留言赞叹:"灯火通明的夜晚无一不向我们展示着生活的轨迹和热闹的人间!"

2023年7月,香港特别行政区行政长官李家超感受了这条老街焕新的烟火气和贵州的活力,在青云市集买了一件水族马尾绣绣品带回香港送给太太。联合国教科文组织驻华代表处代表夏泽翰教授考察后连竖大拇指,爽爽贵阳

香港特别行政区行政长官打卡的奶茶店

的普通夜晚是如此繁华热闹……

2023年8月19日，澳门直飞贵阳的航线在停飞一段时间后正式复航，首批乘客到青云市集参观。来自澳门的游客沿路参观了水族马尾绣绣品店、十元茶馆、灯红酒绿的酒吧街和集全省特色小吃于一地的青云不夜城。青云路商业步行街和青云市集保留着老贵阳的文脉底蕴和城市烟火气，特色小吃、潮玩娱乐、贵州特色非遗文创引来游客们纷纷点赞。

青云路步行街项目先后入选第三批国家级夜间文化和

旅游消费集聚区、贵州省级第一批"流光溢彩夜贵州"示范创建项目、贵州省旅游休闲街区等。开街后的步行街不断刷新纪录。2023年五一假期，游客接待量突破30万人次，首日接待量突破8万人次。五个月之后的十一假期，青云路步行街累计客流量达87.57万人次，实现销售额2 935.29万元，单日客流量达到13万人次。这个数据很快被自己超越了。2024年1—7月，青云路步行街总销售额3.16亿元，比2023年同期增长17.1%；总客流799万人次，比2023年同期增长19.81%。2024年五一期间单日客流量

焕新的烟火气和活力

达20万人次,刷新历年纪录。

  2023年夏季举办的路边音乐会更是掀起了青云路新的热潮。每到夜色来临,人群在舞台前聚集起来。《童话》《十七岁那年的雨季》《爱的代价》《海阔天空》等一首首经典老歌不仅是时代的记忆,更是触动人心的疗愈,迅速将青云路点燃成沸腾的人海。这里不仅是人潮汹涌,更是歌声缭绕的海洋,现场不时爆发出全场观众的大合唱。这也是情感激荡的海洋,人群中有跟着轻唱出一句"可是我偶尔还是会想他,偶尔难免会惦记着他"后泣不成声的

青云路"路边音乐会"现场

女子，也有嘶吼着"原谅我这一生不羁放纵爱自由"的花臂文身壮汉正把肩膀上的女儿举得更高，以便她看到更大的舞台，想必这是一位把"不羁的自由"心甘情愿束缚在爱里的父亲。无论男女老少都沉浸在沸腾的音乐世界和热烈的现场气氛中，各得其乐。

当晚风徐徐吹来，月亮悄悄爬上梢头，歌声唱响了城市的夜晚，也点亮了人心。青云路音乐会零门票、零

人们的欢歌与笑语交织成美妙的乐章

距离、零商业，它的意义远超短暂的休闲和放松。音乐这一感性的艺术形式所延展出来的心理治疗功能不但缓解消极情绪，而且提升了"爽爽贵阳"的文化味、烟火味、人情味。

每次去青云路都能感受到青云路蓬勃生长的样子，灯光氛围营造优化了，精品景观又多了，街区绿化品质又提升了。

街市上整齐码放的新鲜果蔬，暮色中升腾起的万家烟火，都是这平凡人世间最动人的赏赐。夜晚的青云路一片盛世景象，川流不息的人群中满足的笑脸洋溢着安宁和幸福。一盘盘美食被摆放到客人面前，这份烟火的馈赠仍在青云路，终将治愈生活中小小的不快和遗憾。不变的是烟火气，变的是增添的文艺气、趣味性、多元化。街角不再是卫生死角，处处整洁美观，随处可见的精心设计给人惊喜，也把贵阳、贵州的文化历史印迹传递……青云路步行街真正成为展示传统文化、吸引新兴业态、聚集消费人群的特色文化街区。

这些还不够，它有时还很文艺。2024年中秋，青云路公共停车广场举行的"青云路2024中秋数字团圆夜·月亮上写诗"活动，通过先进的数字技术打造出一个虚拟月亮，游客可在上面写下自己的祝福和心愿，体验一把在月亮上写诗的独特感受。游客不仅感受到了中秋佳节的传统文化氛围,也领略到了现代科技的无穷魅力。

青云路的成功改造是一个奇迹。坚持以人民为中心的根本立场,任何时候都把人民群众的利益放在第一位,这是中国共产党始终得到人民信赖和拥护的根本原因,也是这个百年大党带领亿万人民不断创造新奇迹的成功秘诀。

这流光溢彩的青云路,流出的是百姓五彩斑斓的美好生活,溢出的是人民欢乐的笑声。

第三章 人文青云

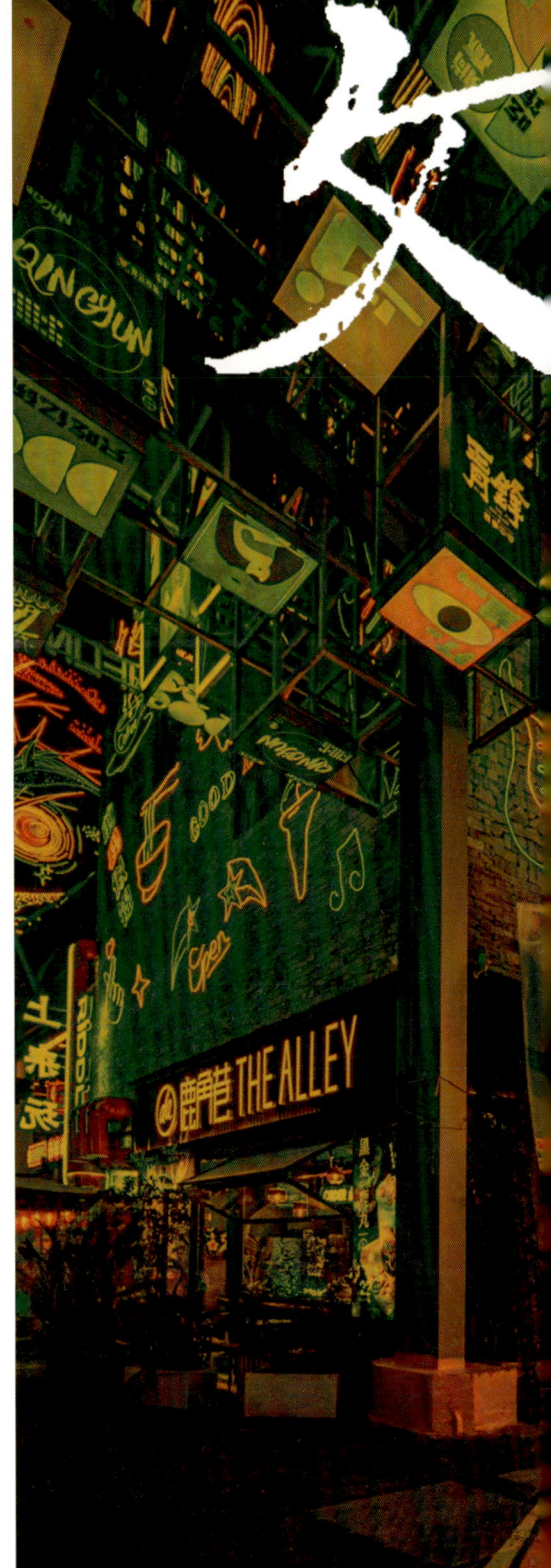

遵义路将青云路分成东西两段，东半段直到纪念塔，是烟火人间，有夜市，有菜场，有大量居民楼。西段直到解放桥，有省广播电视台、市图书馆，有公交公司，有"红展馆"，保持了数年如一日的清静。一条青云路，传统与现代相交融，文化与烟火相辉映。

对于贵州人来说，青云路是乡愁的承载地，对于外省人来说，它是贵州的又一张靓丽名片。现在的青云路，不仅是富集烟火气的餐饮板块，还有饱含文艺气的文创区、充满生活气的娱乐区。既有现代都市的摩登，也有富含情调的文艺，还有熟悉的市井味道，可谓包罗万象、兼容并蓄，让贵阳的夜晚也变得更加摇曳多姿。在这样的城市客厅，既可以享受生活的便利，又有潮玩的新奇体验。

传统与现代交融,文化和烟火辉映

市井烟火与时尚潮流的多元碰撞

改造后的青云路在巩固餐饮、文创和娱乐业态的同时,将更多生动有趣的品牌引入了老街,市井烟火、本地特色与时尚潮流在这里多元碰撞。在这里,人们可以品尝到"老贵阳味道",也能体验"时下潮流新玩法"。

青云路步行街不但在模式上发生了变化,经营人群也趋向年轻化。青云路给了年轻人创业的平台,而年轻人的融入也给青云路带来了更多的潮玩元素和新鲜可能。在融合与发展中碰撞出更多的火花,给青云路带来了更多的惊喜。

烟火依旧

有人说:"掌灯时分没有炊烟聚集,人们散落各地无处可去,这样的城市是没有灵魂的。"青云路大概就是贵阳当之无愧的夜市担当了,既浓缩着一份记忆,又潜藏着一种情怀。

过去的青云路是贵阳人的"深夜食堂",现在的青云路是商业步行街。那些刻在贵阳人骨子里的美味记忆和熟悉味道被再次唤醒,30多年的青云路夜市情怀延续,这里热闹依旧,烟火气依旧。

美食中有着治愈人心的神奇能量

我们常说:"人间烟火气,最抚凡人心。"无可否认,美食不但抚慰了胃,也抚慰了疲惫的身心。这种抚慰不分贵贱,对普罗大众一视同仁。所以这美食有着治愈人心的神奇能量。

有久违的异地来客,一定要带他们去青云路。以香辣迷人的烤肉配扎啤开启叙旧的序幕。灯火辉煌和生活滋味的交织引出多少酒足饭饱后的真心话。

一条长街为静默的食材赋予灵动的活力,使其转化为让人欲罢不能的佳肴。烤肉正"滋滋"地发出声响,油顺着肉的纹路滑下,肉经炭火烘烤而变得香气四溢,又因椒盐辣酱增色入味,嫩滑,焦酥,鲜咸,再放进折耳根拌辣椒调制成的蘸酱中,这就是贵阳烤肉的独特风情。油锅"滋啦"一响,鲜活的大虾瞬间弯曲身体变成橙黄色;烤炉上的火苗亲舔着食材,烤肉在上面慢慢紧缩变色,豆腐果慢慢鼓起"肚子",生蚝渐渐溢出鲜美的汁水;水饺店的老板娘正搅动着在锅里翻滚的水饺,牛肉粉摊雪白的米粉已经烫好,摊主正把清亮亮的牛骨汤倒在碗里,又舀一勺炖得软烂的牛肉浇上;撒着红红绿绿作料的冰粉正颤巍巍地在碗里轻轻抖动着,被递到满眼期盼的顾客手中;豆腐圆子外酥里嫩,塞进独家秘制的辣椒蘸水,豆香和辣椒的香辣融合,酥脆咸鲜,再来份煎饺,一口咬下去,里面的汤汁爆出来，既浓郁又鲜美可口，一口下去就是满满的满足。鸡肉丝泡在汤里充分吸收了汤汁，一口香甜的豆花，再裹一口爽滑筋道的面条，连汤都得喝个干干净净才过瘾。看似寡淡的开水面却有不简单的味道：猪油、豌豆尖、软臊加入清澈的汤汁，食材自身的鲜味尽显本色……喧哗的青云路，一连串的美食不是你方唱罢我登场，而是争先恐后一起登场。

各种"甜"总是拖住游客的脚步

现在，整条街热气腾腾的烟火气仍在，但没有了烟雾缭绕的油烟气。

周记留一手特色烤鱼、华仔龙虾每天排队叫号的场景是青云路的一道风景。经过20年的发展，周记留一手特色烤鱼从兴关路边10多张桌子的路边摊成为1 000多平方米的餐饮店。除了主打的烤鱼系列，还增加了牛蛙、花甲等，凉菜、烧烤、江湖菜、甜品等菜品。鄢圣宗说周记留一手特色烤鱼主要特色是香辣醇厚，鲜香浓郁，外焦里嫩，其味鲜而不腥，油而不腻，香辣可口。鄢圣宗把获评的"国家三钻级酒家""贵州老字号""贵阳老字号"等奖牌都放在库房里。他谦虚地表示这些荣誉只是对过去的肯定，而在服务、环境与口味上，他们仍有提升空间。他感激政府给予老字号企业的扶持政策，认为正是这些政策让贵州的老字号得以蓬勃发展。对于未来，他计划进一步保护和挖掘老字号品牌的价值，力求在传承与创新之间找到平衡，以此将贵州的餐饮文化更好地推向全国，不断提升老字号品牌的影响力。鄢圣宗总是对店里的员工说："我母亲不懂做生意，但总是告诉我，出门观天色，进门看脸色。我们店不一定是这条街味道最好的，客人来到青云路，来到我们店，就是对我们的认可和信任，怀着对我们的期待，我们就是服务行业，要把客人服务好，首要的是真诚，把客人当家人、当朋友，真实地表达，热情地对待。"

经过多年的经营，商家已逐渐与周边居民建立了相互理解与和谐共处的良好关系。采访鄢圣宗时，他正在打电话,原来一部分排烟管对着楼上杨阿姨家的窗户,鄢圣宗马上安排工人加装挡板。鄢圣宗说,远亲不如近邻,与小区的赵阿姨、杨阿姨、史阿姨、王伯等相处几十年下来,都成了亲人一般。这些长辈能够理解年轻人创业的艰辛,商家也会及时处理油烟、噪声等给住户们造成的影响。鄢圣宗是南明区第十八届人民代表大会常务委员会委员,他说在青云路20年了,他从来没把自己当成过客,而是当成青云路的一员。他说得最多的一个词是"感谢",感谢居民给予的理解和包容,感谢居民委员会、街道办事处给予的服务支持,感谢南明区政府给予的政策支持。

红火火海鲜也搬进了宽敞的室内,再也不用"看天吃饭"。全开外的操作间里,鲜甜的海鲜与遵义、花溪出产的辣椒、四川大红袍花椒在翻炒碰撞中相互融合,造就一

陈逐波和孙太军一起在红火火海鲜搭档了20多年

盘盘陈逐波引以为傲的"黔式海鲜风味"。他说:"红火火能让顾客记住的关键,一是黔式海鲜风味的香味,二是海鲜的鲜味。"

阿杜炒蟹以香辣炒蟹作为招牌产品,选用肉质清甜、厚实的越南进口青蟹,搭配贵州本土特色糍粑辣椒。当新鲜的蟹肉碰上香味浓郁、层次丰富的糍粑辣椒,经过高温的炒制最大程度地激发了蟹肉的鲜甜口感。将贵州菜系的浓香重辣元素体现得淋漓尽致,把传统和创新相结合,让进口食材和本地原料碰撞,尝上一口,不由让人感叹贵州饮食的精彩。

贵州织金烙锅是贵州的地方名小吃,始于清代,已有300多年历史。在贵州织金开店10多年的谢氏织金烙锅入驻青云市集,把织金八步臭豆腐、鸡蛋及荞凉粉等地方特色的食材带来贵阳,蘸上特制的辣椒,让味蕾体验不同的风味。

但家香酥鸭传承百年,是贵州省级非物质文化遗产,也是贵州美食小吃名片。

刘珍丽从7岁跟着母亲来到青云路,在这里长大、成家,退街入市后,她接过了母亲做了20年的水果豆花生意。原先的王记甜品珍珍水果豆花与夏记水饺合并,在青云路步行街的一间小店内共同经营,新店名为饺子·豆花屋,还在青云市集里开了分店。虽然辛苦,刘珍丽说:"很多熟客都是看着我长大的,虽然现在店面位置小,但是生意还不错。现在办了营业执照,同时增加了外卖业务。熟客认老板得很,有人认可就一直做下去呗!"刘珍丽的孩子也和她初来青云路时一般大了。有时她会带着孩子回到当初摆摊的位置走一走,给孩子讲讲那个时候的青云路。她说她想念那个喧嚣热闹的夜市,但更爱现在这个多元化、时尚的青云路。最重要的是治安好了,不用小心翼翼地提醒食客注意钱包,不用提心吊胆地担心喝酒闹事的。对于未来,刘珍丽充满了希望:"时代已经变了,我们商家也要跟上时代的步伐,跟着政府的政策走总是对的。"

老贵阳、新调调——青云市集

青云路83号,30年前,这里是贵阳针织厂。

1993年,查晓的儿子查明明在针织厂里的幼儿园上学。有一天,老师说:"我们幼儿园的墙壁打算重新粉刷一下,再画上些图案装饰一下。有哪位小朋友的家长会画画,能来帮个忙吗?"查明明小手高高举起:"老师,我爸爸画画可好了,我让爸爸来画。"简单一句话让查晓忙活了半个月。查晓自小学画画,先后师从杨长槐、谭涤非、鲁风等画坛名家,后来以善翎毛花卉而享誉黔中画坛。这墙画对他来说本是小菜一碟,却扳动了他人生的命运轨道。

那时正是贵阳针织厂经营得热火朝天的时代,生产出来 T 恤等远销海外,一度是贵阳纺织行业的骄傲。厂里急需设计绘画的人才,当时的高厂长求贤若渴,一再请求查晓调来美工室。原本在磊庄机场修飞机的查晓就这样调到了针织厂。后来,查晓在美工室负责制版,他设计的胶浆印花、水印印花在图案和颜色搭配上漂亮而新颖,很受欢迎。

20 世纪 90 年代末期,针织厂倒闭,老厂房成为青云路建材市场、灯饰广场。2022 年,当查晓又站在这个熟悉的门牌前,这里已是"青云市集"的北门。

由老贵阳照片、时尚潮玩元素、个性化标语拼接组成的大型门头,颜色明亮,时尚。进门处设置的网红打卡区贴着老青云路门牌号的打卡墙和丰富的场景道具,吸引了很多拍照留念的人,让这里成了潮流聚集地。整个集市的装修采用复古怀旧风,把有老贵阳元素的照片呈现出来,雪花膏、粮油铺、供销社这些霓虹灯牌装饰在整个空间中。

贴着老青云路门牌号的打卡墙

在青云路"退街入市"的过程中,作为青云路步行街改造提升项目的配套项目,这里重新规划修建成为青云市集,由雅园集团打造。雅园集团在贵阳深耕40余年,将无数"老贵阳味道"深埋进贵阳市民记忆中,老贵阳人几乎无人不知。随着经济市场不断变化,雅园集团也在寻求新的发展道路,2020年借青云路改造之机,通过海量市场调研及布局,投资2亿元,历时两年,青云市集项目正式落地。

雅园集团总经理、青云市集创始人邓一说,当时对这个项目的定调叫"老贵阳、新调调","三不学"——不学仿古做旧、不学少数民族、不学商场的一体化规划。青云市集重新打造之后，在保留、加强了原有烟火气的前提下，又提升了排烟、视觉、灯光等设施建设水平，最重要的是把以前 100 多家的传统夜市变成了今天含小吃 70 余家、文创 70 余家，各种场馆和酒吧 20 余家，总共 5 万平方米、210 个商户的一个夜经济综合体。它满足了就业，也让已经延续了 20 多年的一个老夜市又焕发新的生机。在青云市集看到更多的就是各种文创的小手办，在一个吃小吃的地方还可以打篮球，甚至去撸猫。

如何将它打造为夜间文化品牌或夜游文化地标，从美术美化、场景化，文化化、热点化，从业态规划到招商标准，雅园集团及项目团队一直"精雕琢、细打磨"，立志刻画出本省优质的新文旅品牌。筹备初期遇到的第一个

问题是物业老化,年久失修,商业步行街对物业条件要求较高,加之招商品牌有许多贵阳市首店,需立足贵阳的店面形象,为此,在确保生产经营安全的前提下,为使项目呈现出让市民眼前一亮的效果,雅园集团投入重金,在改造过程中逐一对老旧物业修缮、加固。"尽管保留老建筑的外观要多花三分之一的钱,但为了文脉的传承,这钱必须花!"邓一说:"历史老街区烟火气的保留不是大拆大建,原贵阳针织厂老厂区有栋老建筑是危楼,拆掉重建只需80万元,而要保留外观进行改造却需要投入100多万元,我们毫不犹豫选择了后者!"

爱与美食都不能辜负

雅园集团将青云市集项目定位为集贵州特色餐饮、酒吧娱乐、电竞网咖、文创体验、青少年运动体验等于一体的综合街区，以此为特色和亮点，既能满足广大市民的日常休闲娱乐生活，又能吸引各地游客前来进行项目参观体验。为此，雅园集团在招商业态规划上精心布局，引进60余家贵州首店、贵州知名"非遗"餐饮、知名老字号品牌，吸纳了但家香酥鸭、阿杜炒蟹、雷家豆腐圆子、安顺夺夺粉、六枝烙锅等贵州代表性美食，可谓是"集大成版"的贵州美食市集。主力品牌引进广西南宁五条友烧烤大趴、成都贰麻酒馆、黑蚊运动、国家级非物质文化遗产宋水仙马尾绣等。集视、听、嗅、味、触五大感觉于一体的综合性慢生活广场与青云路的热门美食形成里应外合。青云市集24小时不打烊，延续自20世纪80年代以来青云路"深夜食堂"的市民记忆。入驻265家门店、小市集零售摊和后备箱小店，成为城市一站式体验综合街区样板。

青云市集开街即成为贵阳市最出圈的夜经济"顶流"，成为网红打卡地。开市第一天，青云路灯火通明，人山人海，一片盛世景象，陪伴了贵阳人近30年的"深夜食堂"回归，成为唤醒城市记忆的热点。汹涌的人潮用行动毫不掩饰地表达着对青云路回归的欢呼和雀跃。

开街当晚8点多钟，通常的夜宵时间才刚开始，青云市集里面几家热门小吃，像雷家豆腐圆子、金牌罗记肠旺面、王记甜品珍珍水果豆花等店里的小吃就已经卖完了。难为无米之炊的老板娘遗憾地看着不断涌入的人群不停解释:"今天一天补了几次货,都卖完了,现在实在没货了。"几家烧烤店还有人在排队等候着,老板笑得嘴巴都合不拢道:"今天生意太好了,大半天就卖了1万多元,我准备了50只鸡,没想到这么快就卖完了!"

五条友烧烤大趴开启全新的烧烤聚会新体验,引入"城市烧烤派对"的理念,独创的"一米酒,一米串",舞台上DJ打碟、奇幻魔术、嗨歌不停,舞台下一桌桌烧烤美食让现场嘉宾大饱口福。把餐饮与娱乐最极致化地结

五条友烧烤大趴演唱现场

贰麻酒馆

合，将烧烤、正餐和喝酒、夜生活完美串联起来，吸引了大量的顾客。

"青云市集是24小时不打烊的一站式体验综合街区，创新打造了以消费者为核心的第五代商业零售模式。青云市集不仅是深夜食堂，更像是一个对外展示贵阳精神气质的文化窗口，把散落的文化点位串珠成链，让多年来留存下来的喜怒哀乐与城市融为一体，并以它独有的城市韵味吸引着不断涌入的市民游客。"青云市集招商运营总监张凤兰介绍，城市商业从曾经的供销社、集市到百货商店、超级大卖场、商业中心，再发展到如今的一站式体验商业综合体，是以人为本、紧跟消费习惯变化而实现的业态转型升级。青云市集不仅是老贵阳烟火经济的升级版，更在创新驱动消费方面作了有意义的探索。从小孩到老人，都可以在青云市集找到自己喜欢的项目。

贵州省最大的撸猫咖啡酒馆喵内，融入时下最受年轻群体追捧的"撸猫"风潮，提供惬意的下午茶环境的同时，店内还有50只来自世界各地品种各异的赛级猫咪，可以和顾客近距离互动，开创了"网红打卡＋宠物体验＋夜间经济延展"的新颖消费经营模式。

贵阳最火的网红街区，就得有年轻人喜欢的潮流设备。于是，VR（虚拟现实）星际空间青云市集店应运而生。果

喵内咖啡酒馆

不其然，全新亮相的 VR 科幻乐园，星际飞碟、星际赛车搭配了星际穿梭、星际 F1，让消费层次更加立体和丰富，深受年轻人的喜爱。

火花文创贵州礼品店的空间不大，却容下了很多天马行空的想法，将传统的文化和技艺进行再设计研究及应用，旨在为过去设计未来。店主龙龙说："贵阳是火花文创梦想开始的地方，青云市集则是火花文创梦想真正落地

火花文创产品

的地方。"空中的民族博物馆、会唱歌的刺绣、发髻上的贵州,三个主题的文创产品系列将贵州的少数民族文化、非物质文化遗产技艺、特色景观等创意性地呈现。特别是"空中的民族博物馆"系列,将贵州少数民族的服饰做成了风筝、冰箱贴、套色印章团扇等各种各样的产品,用这样的方式将面临消失的文化和技艺重新组合,使其焕发生机。

后街二楼的十元茶馆,是在时尚的文创街打造的怀旧老茶馆,有种"大隐隐于市"的闲逸。为了打造怀旧风,

十元茶馆

店主曹洋用心淘了卡带机、黑白电视、老式吊扇等老物件,墙壁上贴着泛黄的老旧报纸和海报,复古、怀旧的布局唤起年代记忆。曹洋还为老旧的电视机搭配了老式影碟机,淘来经典的老碟片播放。十元茶馆的功能不仅是喝茶,还是讲述故事、倾听故事,放松心情、释放压力的地方,最便宜的茶10元一碗,不限时,可以无限续水。曹洋说:"人生就应该不停地折腾,贵阳青云路的包容性很适合我这样的人,我会为自己的热爱在这里继续奔跑。"

"来安旧物馆"是贵州城市记忆怀旧主题展,结合历史演变重新塑造,让历史物品说话,一件件老物品后面有一代人的记忆,更记录着城市变迁的过程。

在十元茶馆享受一段闲逸时光

格物守艺是一个来自重庆的手作连锁品牌，通过现场一对一教授的形式，帮助手作爱好者亲手设计制作独一无二的礼物，人们可以在这里尽情地释放创作的天性，享受一段静谧的手作时光，去创作一份独一无二又充满心意的礼物，赋予手作不一样的美感和温度，也赋予时间意义。店主曹林说："制作手作的初衷一定是带着爱，可能是对自己、家人、好友、恋人的，但一定是美好而纯粹的。而在敲敲打打中，时间指针的滴答声逐渐就被遗忘了，我们也能从繁杂的思绪中得到片刻的歇息。每一件手工的物品，都拥有百分百独特的魅力，带有制作者独有的体温和

赋予手作不一样的美感和温度

印记，通过制作者的用心雕琢，最终成为一份专属于彼此的记忆，格物守艺，让每一份爱都要独一无二。"

民族工艺之美

作为贵州首家一站式体验综合街区，青云市集以超强的视觉冲击力将喜爱潮玩社交的时尚青年引入热闹的派对酒吧、运动场馆、电竞网吧……青春张力与时尚潮玩，碰撞出市集"年轻态"；在安静的文创体验区，个性时尚的咖啡吧、手工体验店、非物质文化遗产文创店比比皆是，新开的"贵州苗姑娘手信店"汇集了波波糖、玫瑰糖、刺梨桃酥、油辣椒等贵州特产。

时间可以在这里加快脚步，也可以在这放慢脚步，游客在此会惊呼因快乐而忘却了时间，也可感受都市闲暇的

贵州美味的搬运工——苗姑娘手信店

慢生活,还能把贵州旅游纪念品、城市伴手礼、非物质文化遗产文创礼品带回家,把贵州印象传播到全国乃至世界。

水仙马尾绣

从青云市集北门进去不远,我便被一片纯净的天蓝色吸引了。蓝色的墙面上有很多符号,在花、鸟、虫、鱼等形象中传递出远古文明的神秘信息。店主韦祖涛告诉我,这些墙面上的符号其实是水书,属于水族古文字,其历史可追溯至夏商时期。这些文字多类似于甲骨文、金文,属于象形文字体系,有些甚至是汉字的反写、倒写或形变,还有一些是水族的各种密码符号。可以说,这是世界象形文字的"活化石"。

这家店店名叫水仙马尾绣，店里摆放着各种精美的刺绣饰品。水族刺绣在水族人民的生活中扮演着重要角色，背小孩用的背带、脚上穿的绣花鞋、围腰和胸牌等，处处可见马尾绣的踪迹。店里的许多产品突破了马尾绣传统的模式，把传统的马尾绣技艺与现代设计巧妙相融，把马尾绣融入零钱包、背包和挂饰、笔记本、杯垫上，还把色彩斑斓的马尾绣与银饰结合制成手镯、耳坠等饰品，古朴厚重却不失时尚之韵，显得华丽精致。许多马尾绣产品在保留传统纹样的同时，更加接近现代人的生活审美。

在黔桂交界的都柳江上游地带，三都水族自治县是水族主聚居地。韦祖涛家就住在三都水族自治县三合镇三合村。水族自古就有养马、赛马的习俗，因此也被称为"马背上的民族"，马尾绣便是这样应运而生的，至今已传承了上千年。马尾绣是中国古老的刺绣技艺之一，有刺绣"活化石"之称，是国家非物质文化遗产、国家地理标志产品。相比于平绣等绣法，马尾绣最大的特点是它带有一种凸起的纹理感，像是镶在布上的浅浅浮雕。马尾绣的制作工艺复杂，制作时需取三四根马尾作芯，通过平绣、挑花、乱针、跳针等52道工序才能完成，制作出来的绣品具有浮雕感，造型抽象而夸张。马尾的油脂会保护绣品，绣品过几十年都不会坏。

韦祖涛的母亲宋水仙是贵州省出席第十三届全国人民代表大会代表和国家级水族马尾绣传承人,并当选2020"中国非遗年度人物"。宋水仙与马尾绣为伴50余年,店就是以她的名字命名的。20多年前,宋水仙开始收集马尾绣老绣片,走遍了水乡的村村寨寨、山山水水,即使人生最艰难的时候,也舍不得卖掉任何一件马尾绣绣品。2010年,宋水仙在自家的木楼上建起了县城首家马尾绣家庭博物馆,免费展出自己多年收藏的马尾绣精品,成为一个宣传水族民族文化及马尾绣的平台和窗口。2012年,她又成立了三都水族自治县马尾绣有限公司,将附近掌握马

文创产品

尾绣古法技艺的妇女聚在一起，以小作坊的形式制作马尾绣。

宋水仙一直有一个梦想——让马尾绣"进城"。"只有让更多的人爱上马尾绣，马尾绣的古法技艺才能源源不断地传承下去。"当青云路的青云市集开始运营后，宋水仙决定把贵阳开办的第一家品牌专卖店、马尾绣体验店开在青云市集。宋水仙认为，"非遗"产品应该尝试走进现代都市，让年轻人与"非遗"来一场亲密接触。当"古"而"新"的马尾绣体验店，遇上"新"而"红"的青年打卡地，一定会碰撞出不一样的火花。

韦祖涛说："在大家看来，都不理解我们为什么把这家店开在市区，因为以往'非遗'手工艺品都是依托景区庞大的人流来进行销售，可我就是想转型传统的'非遗'店铺选址模式，从依靠景点到依靠流量。让大家看看'非遗'也是可以被当成快消品来销售。以前马尾绣生产的订单大多来自海外，而现在国内消费市场更大，只有被市场认可，才能够真正地持续传承和发展'非遗'。春节期间，我接待了很多来自全国各地的游客，我们希望借助青云市集的人气，让更多年轻人了解马尾绣，'非遗'传承的关键是要吸引年轻人，让更多人了解'非遗'、体验'非遗'、爱上'非遗'。所以，我们有规模地进行马尾绣文创产品设计与开发,把马尾绣从小孩背带、脚上穿的绣花鞋,移接到服饰、包饰、首饰上面。"

宋水仙录制了一些刺绣的短视频发布到抖音、快手等平台,用短视频展示马尾绣的技艺和故事。几根马尾用白线一圈圈缠绕包裹起来——这是最考验力道和手法的一个步骤,太松的话会露出马尾,太紧的话马尾会太硬。缠好的马尾丝线扎实硬挺,恰到好处。然后用来盘绣出外部线条轮廓,接着在轮廓中间以不同颜色的丝线以不同的手法进行填绣。一针一线连在一起,浮雕般的图案呈现在底布上……她们用水族妇女世代传承的智慧,把歌声和笑声绣进图案中,也绣出水族人民的美好生活。

进驻青云市集后,门店吸引不少人拍照打卡,特别是春节、五一期间,有不少外地游客进店了解马尾绣的制作过程,不仅在店内挑选各种马尾绣元素的产品,还在店里体验搓马尾和马尾绣针法。2023年7月6日晚,香港特别行政区行政长官李家超在这里买下一件马尾绣品,说要带回去送给太太。

在漫长的民族记忆里,马尾绣传承着水族文化的智慧与美学,一缕线传承和延续了原始而精致的华美,从水族妇女的指尖、从大山深处走向城市,又从小小的青云路打开大大的一扇窗,走向世界。

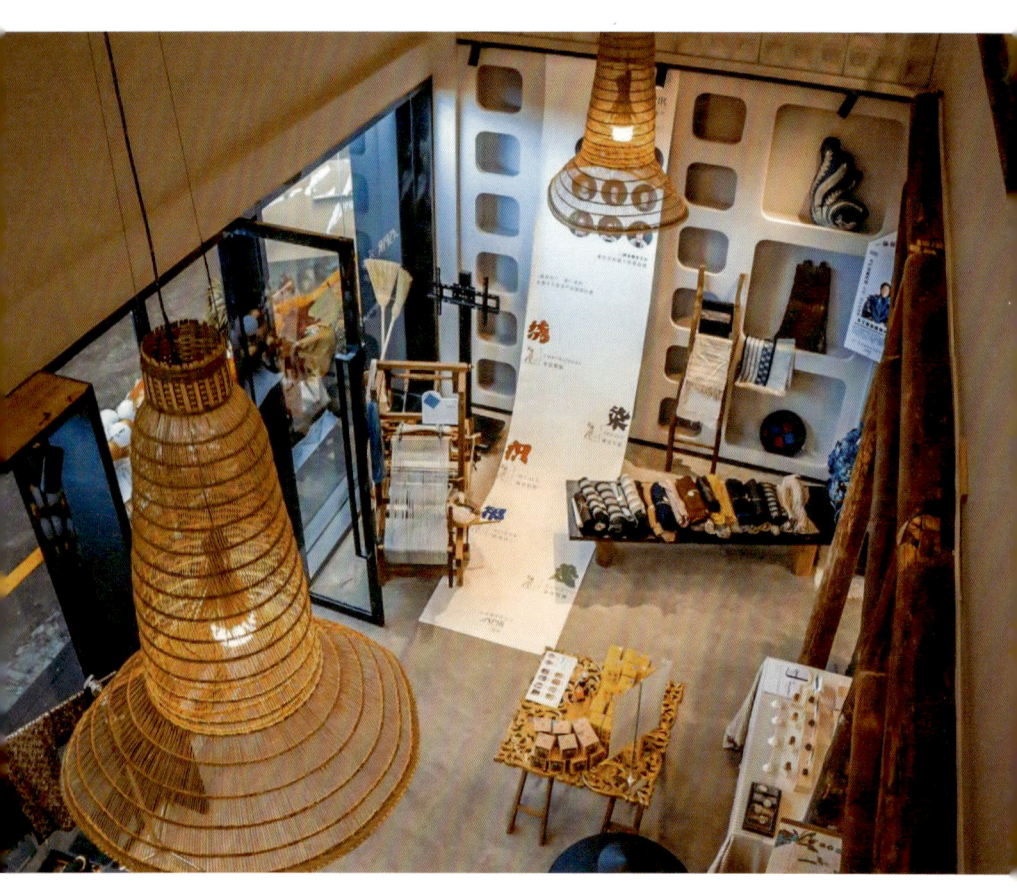

有味·制味

  舌尖上的味道是山的味道，风的味道，阳光的味道，也是时间的味道，人情的味道。这些味道，已经在漫长的时光中和故土、乡亲、念旧、勤俭、坚忍等情感和信念混合在一起，才下舌尖，又上心间，让我们几乎分不清哪一个是滋味，哪一种是情怀。

——《舌尖上的中国》

  一日三餐，是我们生活与生命的延伸，也是华夏文化的传承和延续，而对"味"的改进更是一代代中国人孜孜不倦的追求。

  早在商代初期，人们对食物的味道已很讲究，商周时代已有了比较成熟的调味理论，确立了常用的调料品种，还制成了复合调料。司马迁《史记·殷本纪》中有这样的

步行街上的特色商铺

记载:"(伊尹)负鼎俎,以滋味说汤,致于王道。"

《礼记·内则》说:"脍,春用葱,秋用芥。豚,春用韭,秋用蓼。脂用葱,膏用薤,三牲用藙,和用醯,兽用梅。"说明先秦时人们烹饪不同的肴馔,使用不同的调料;烹饪同一肴馔,还要根据季节变换改用别的调料。

苏东坡是我自小就喜爱的诗人,我爱他"一蓑烟雨任平生"的豁达超脱,也爱他"老夫聊发少年狂"的雄健豪放,这样一位诗、词、文、书、画样样精通的人深知"味"之精妙,尤爱"长江绕郭知鱼美,好竹连山觉笋香""椰树之上采琼浆,捧来一碗白玉香"的烟火趣味,其反复炮制的"东坡肉""东坡饼""东坡豆腐"流传至今。

自我们降生到这颗星球上的那一刻起,首先便是通过嘴巴感知这个世界。待年华老去,遍尝了世间百味,"味"仍然是生活中极大的抚慰。

这世上有人爱美味,爱寻味,爱品味,也有人爱制味。我想带你去寻寻青云路上的"味"。

贵州井茶

贵州井茶的店主是一名"90后"年轻人,他和他创立的品牌一样,年轻而富有创新力。

走进青云路的贵州井茶,大大的白瓷瓶配着红色瓶盖，典型的贵州酱酒包装，这是贵州龙井"超级茅奶"系列，可选择贵州龙井、遵义红、余庆苦丁 3 种茶底，老板说贵州人的豪迈就是喝奶茶都用酒瓶装。有游客驻足："哎呀，只知道杭州龙井，不知道还有贵州龙井呢！"是的，就是贵州绿茶制成的贵州龙井。桌台上一排有趣的包装，酷似茅台酒瓶、老干妈辣酱瓶等式样，果然一副如假包换的贵州特色。贵州经典辣椒瓶装着的是青瓜牛乳冰浆，黄瓜牛奶搭配颗粒软糯的糯米打碎，清爽冰凉，恰和火辣辣的辣酱瓶相佐……

最富特色的是贵州折耳根香水柠檬茶，号称"贵州血统检测液"。折耳根又叫鱼腥草，总成群扎堆在背阴湿润的山地、沟谷、树荫等处。唐朝大诗人杜牧在安徽宣城游历时，见到了山涧之中的折耳根，写下"敬岑草浮光，句沚水解脉"的诗句，岑草便是折耳根。我猜之所以称为"折耳根"，大概因其有脆而弯曲的根茎，通常折成一段段的再吃。折耳根可谓食药同源，有清热解毒、消痈排脓、利尿通淋之功效。这是贵州人不可缺少的一道蔬菜，可以凉拌、炖煮、炒煮等，但其独特的味道也有很多人不能接受，要不在药典上的规范名称里怎会有个"腥"字？把折耳根放进奶茶里，算是把折耳根玩出了新花样。"折耳根柠檬茶"极尽打卡元素，包装上印着"折耳根、贵州魂""折磨、折腰、折扣，不如折耳根"，也引来大批游客打卡，既心有疑虑又跃跃欲试。有好奇的外地游客想尝试一下，浅尝一口就喝不下去，就连爱吃折耳根的四川游客也望而却步："退！退！退！吃折耳根行，喝折耳根不行，是不是想把我送走？商家，我劝你善良。"也有人一下子就爱上这特殊的味道，果然妥妥的"贵州血统检测液"。

店主说，他选贵州产品，造贵州品牌，讲贵州故事，选用直观的贵州文化元素符号，无论哪一款茶饮产品，贵州井茶为消费者提供的，都传达着同样的主题——这款饮品很"贵州"。他力求让消费者实现"一眼贵州"的体验。

贵州井茶将茶饮产品与贵州特色文化符号相融合，让茶饮产品自带流量和传播热度，"吸睛"又"吸粉"。

果然猴

一家卖洋芋片的小店，有个有趣的名字，叫果然猴，店主是一对"90后"的小夫妻。

小伙子王正零 2017 年从北京回到贵阳，决定自己创业。他想要找到贵州有代表性的动物形象，做成像"皮卡丘""熊本熊"那样产业融合的商标。在《山海经》中有一种神兽叫"果然兽"，在梵净山山顶有座"果然寺"，寺里供奉的是黔金丝猴。黔金丝猴在全世界不到 500 只，所以王正零就注册了一个商标叫果然猴。

在线上市场，贵州麻辣洋芋片占据了全国洋芋片市场的半壁江山。很多作坊一年能达到上千万的销售额。但存在一个问题就是有品类，无品牌，很多家都是同质化的。由于作坊式生产只需买一口大锅就可以大批量制作洋芋片，导致洋芋片的标准化程度不高，常常出现口感发硬、不够酥脆的问题。这也成了贵州洋芋片的一大痛点：虽然产量大，但商业附加值极低，只能卖到每斤20元，线上市场甚至还有更低的价格。

王正零想把贵州洋芋片做出品牌化，他花了整整一年的时间去了解洋芋片的市场，从原材料的供应到生产加工的工艺，还有辣椒粉的配比。普通的大锅做出来之所以会发硬，是因为洋芋片下锅后，油温瞬间下降，受热不均就会造成部分洋芋片炸过头，产生发黑、发硬的现象。他研究了乐事的工艺，购置了200多万元的同款加工设备。流水线上的洋芋片每片能均匀受热，能保证酥脆的口感，为了不油腻，最后还用大型风扇来风干控油。王正零说，其实洋芋片的制作中洋芋的成本是不高的，五斤洋芋能出一斤干脆的洋芋片，关键在油，一斤洋芋片需耗费半斤油，小作坊做洋芋片不换油，只是不断添加新油，所以会有异味和发苦。而自己生产线3天就换一锅新油。

东西是好东西，铺货在超市和便利店却一直销量不佳。2022年，一个偶然的机会，王正零得知青云路步行街改造后在招商，他觉得机会来了，自己一直想找到一个能接近终端消费者的地方，这样每天一早，新鲜出炉的洋芋片就能送到青云路，走进市民的生活中。

青云路以前也是王正零爱来的地方，吃烤鱼、吃烤肉、喝啤酒。改造后的青云路既有颜值又有品质上的提升，他对在这里销售洋芋片充满了信心。

王正零说现在整体提升的青云路给这条街带来了极大的关注、流量和美誉度，自家的小店也要提升品质，为青云路贡献更多的流量和美誉度。2022年4月开业后，一切都向越来越顺利的方向发展。很多新客户成了老客户，老客户又带来新客户，有顾客复购了60多次，购买20次、30次的更是比比皆是。有个大妈开玩笑说："每次买了你家的洋芋片我得像做贼的一样，放在包里藏起来或者绕道走。"原来，大妈的亲戚也在这条街卖洋芋片。让王正零啼笑皆非的是，旁边楼上有个大叔，自从尝过一次"果然猴"洋芋片后每天都来，麻辣味的、番茄味的、原味的，换着口味买。大概一个月大叔再也不来了，王正零心里有点忐忑，这大叔怎么不来了，是不是自己哪次得罪他了？过了很久大叔终于又来了，王正零忙把疑问道出，大叔哈哈大笑，说："东西是好东西，可是我吃伤了，这不，现在才缓过来。"

开业一年多了，期间遇到了很多有趣的事。小两口说，无论多累，小店每天都要开门，坚持的动力就是不忍让老顾客失望而归。

乖丸家

一看名字，乖丸家就是正宗的贵阳小店。乖丸家是贵阳话"非常乖、很可爱"的意思。

乖丸家主打的产品是冰浆。冰浆作为贵阳特有的饮品之一，其制作方式独特，将冰块、白糖与各种新鲜水果、糯米等食材一同放入冰浆机中打成浆状，最后再在表面撒上芝麻、果脯、碎花生等配料，即可享用。这款冰凉甜品风味浓郁，既能消暑又能解腻，深受当地人的喜爱。乖丸家把传统老贵阳冰浆摇身一变打造成潮流饮品，成为贵阳轻饮店的"流量担当"。每当夜幕降临，融合了贵阳特色与文化创新的美食实验空间——乖丸家店铺门前便会陆续排起长队，其中不乏慕名而来的游客。

乖丸家是青云路上的排队王，人多时甚至需要排队两个小时才能吃到一碗冰浆。排队问题一度成为难题，开始是正对着窗口排队，结果挡住了对面的王记甜品珍珠水果豆花店,还挡住了行人的通行,换个方向顺着青云路排,又把隔壁的店铺给挡住了,后来又调整了一次排队方向,才终于不影响秩序。

"贵阳显眼包"文创产品

当找到店主刘雨文傲时,我没想到创造了青云路排队奇迹的是个白净、活泼,甚至可以用俊俏来形容的大男孩。刘雨文傲 2018 年毕业于意大利的罗马美术学院,学的装饰专业,涵盖装置艺术、马赛克、湿壁画等领域。2019 年,他在与朋友聊天中发现,在意大利做中国餐饮是个很棒的方向。当时,国内茶饮行业火热,他回国用两个月时间学习和考察后,开启了在意大利的创业之路。奶茶店生意开始很火爆，很快发展为6个加盟店。2020年，一场突如其来的疫情让一切都发生了改变。刘雨文傲听从父母建议，连续辗转40多个小时回到贵阳。

回来后，就业问题随之而来。是在北京、上海、广州、深圳等一线城市打拼，还是留在家乡贵阳？他再次陷入纠结状态。打开新闻资讯，走上贵阳大街，随处感知的变化深深触动了他，他说用"迅猛"来形容贵州这些年的发展一点都不夸张。大数据产业的崛起，贵阳与贵安的同城化发展，以及旅游、交通、特产、科技等领域的显著变化，都让这座城市焕发出了新的活力。再加上这里生活居住环境适宜，政府也出台了一系列对大学生就业生活非常友好的政策措施。因此，他最终决定留下来。

决定在青云路开店时，青云路还在进行外立面的改造，对于青云路的改造能否成功，刘雨文傲还有些忐忑，但是南明区政府的几次招商会议给了他信心。2022年五一开张以后，贵阳几乎连续不断地下了72天雨。一下雨，步行街上行人就稀少，对冰浆的需求就更少了。到了7月，雨停了，外地的游客大量涌来。有一天，刘雨文傲和朋友一边聊天一边向店里走来，远远看到店门口排起了长队，刘雨文傲用"突然爆发"来形容此场景。每天新鲜水果、黄瓜等的进货量达到600斤，七八个店员忙得马不停蹄，

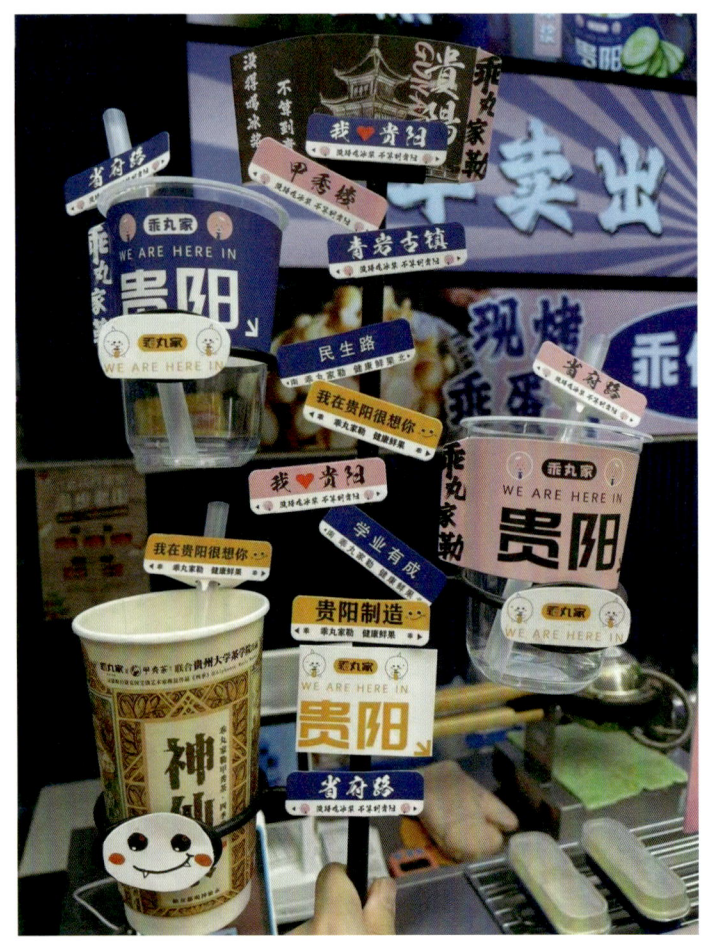

是饮品，也是文创

原本晚上 12 点关门的小店，一直接待到凌晨 2 点。

刘雨文傲说之所以小店这么火爆，有三个原因：一是产品有特色，味道也还不错，他考察了贵州各地的茶产品，产品设计不但有季节性强的冰浆，还开发了原叶轻乳茶等茶饮赛道。二是设计很潮，印制了带有贵阳地标的杯子和杯套，每份茶饮上插上用贵阳的街道名称和网络热词做的小标签，对于年轻人来说，对商品的拍照属性更有需求，发在社交平台上，包装好看，大家拍起来也会比较吸引人。三是善于运用自媒体平台发声，以大量的短视频提高关注度，不少省内外的游客慕名而来买份冰浆、拍张照片、发个小红书、发个朋友圈，又给产品打了广告、带了流量，让其成为网红打卡点。刘雨文傲说："青云路的火爆也带动了营商环境，现在青云路两旁的房子都派上了用场，二楼几乎全是仓库，三楼基本全是员工宿舍。按说 5 月到 10 月是茶饮的旺季，今年才 3 月，窗口就又排起了长队。"青云路的改造提升给乖丸家带来了人流，而专程前来乖丸家打卡的顾客同样给青云路带来了热闹，两者相辅相成。

2023 年五一假期，青云路迎来了前所未有的客流高峰，突破了历史人数纪录。刘雨文傲在朋友圈发了一条动态："这五一节是真劳动节啊，比军训还要累。机器都干到冒烟了，但排队的人群还是一点没少。3 天时间，3 个人，用完了 15 卷打印纸，我还瘦了 5 斤。"

哎呀，这是抱怨吗？这是傲娇啊！

匠人制味

这世上有人爱美味，也有人爱制味。匠人制味的创始人大力，就是爱制味、善制味的人。

大力，本名薄雪，1986年出生，是个土生土长的贵阳人。虽然从未谋面，但采访时我还是一眼就认出了她。她长得白白净净，圆润饱满，圆圆的脸，弯弯的眉毛，圆圆的眼睛，笑起来的样子暖暖的、甜甜的、软软的，就像她擅长制味的面团。

大力从小就喜欢美食，尤其爱吃甜食，各类糕点、五花八门的糖果、巧克力来者不拒。更幸运的是，她遗传了妈妈优秀的味蕾，可以轻易品尝出美食的材料调配，并复刻出来。大力曾尝试过很多有趣的职业：国际青年旅舍店主、手工皮具制作工匠、咖啡馆馆主以及烘焙师。最终在烘焙里找到了最大的自由和乐趣。大学毕业后大力在三亚经营国际青年旅舍，在那里她深深地迷恋上了烘焙和咖啡，从此越学越深入。她专程到杭州学习烘焙，又于2015年成为中国台湾著名烘焙师吴克己的第一个大陆学生，正式开始面包烘焙之路。吴克己是中国台湾著名的烘焙职人，中国台湾安德尼斯烘焙坊经营者兼面包师，他说："开始认识大力的时候，以为她是诈骗犯，因为她是第一个要跟我学习面包的大陆人。后来才知道，大力是那么有趣的一个人！她对自由的追求深深震撼了我！"烘焙师的自由，是从懂得唤醒谷物中的风味开始的。唤起了谷物的风味，也就唤醒了人们的味觉。

  2016年，大力在贵阳友谊路开了第一家匠人制味面包店。在听到青云路改造的事情后，大力第一时间申请了开店，她说："青云路一直都是贵阳生活气息很重，有很多特色小吃和夜宵，代表贵阳烟火气的存在。改造后的青云路既有很强的烟火气，又有着属于年轻人的潮流以及优秀的品牌产品力，是一个综合性很强的地方。消费群体既有念旧的老贵阳人也有热烈和勇于尝试的年轻人，是一个生命力旺盛的街道。在这里开店能让匠人制味更接地气，也更能融入贵阳的生活气息。"

  2022年7月正式开业的匠人制味，位于青云路的中段，是充满温暖气息的"城市会客厅"。上下两层的透明空间部分被纯白色金属网状包裹，大片的落地玻璃窗，宽敞明亮的空间，结合了欧式的简洁和日式的温柔，一进门就是小麦色的空间，甜香味让人瞬间就放松愉悦起来。烘焙室干净整洁，井然有序，面团被送进烤箱，小麦、黄油、酵母在这里融合，慢慢膨胀，直至被赋予金黄的表层。

各式各样的"甜"冲淡我写作中的焦虑和苦恼

一出炉,面包便散发着鲜美、焦黄的光泽,空气中瞬间弥漫起浓郁的麦香。那氤氲开来的香味多么治愈。如果说厨房是治愈人生困难的避难所,那么面包应该就是治愈人生的良药。

为了让顾客吃到状态最优的面包,匠人制味也将自己的匠心放进了面包里。"我们从来不执着于配方,而是找来各种材料,研究材料的特性与风味,从不随大流,始终都在调制研发自己的产品。要将面包做到极致，那就是通过面包和顾客对话。"大力说："产品就是作品，谈不上什么天分，但有能耐住性子做好东西的执拗。让食用者体会到烘焙者在原料选取、制作手法和产品设计上的日复一日的严谨和执着。"

制作地道欧包所需的原材料十分简单——面粉、酵母、水、盐，排列均匀清晰的气孔，仿佛小麦的柔软内里在呼吸，无油无糖无奶，是自然纯正麦香的保证。大力常带着她的团队到法国、德国、日本等地挑选当地最优质的面粉，精进欧包的地道做法。伯爵、日清、昭和、特宝笠，这些品牌面粉来自世界各地，不同的气候、生长条件赋予了面粉各自不同的特性，也决定着不同款面包的口感与风味。数十年间，大力的面团揉出了可颂、法棍、贝果等传统欧包式匠人招牌，也会根据时令提供应季的法式甜品。匠人制味逐渐成为挑剔食客心中的宝藏店。"这是让我们团队非常骄傲的事！"

虽然现在匠人制味青云路店已经关闭了，但是青云路还有很多各色的甜品小店和咖啡店，有味咖啡、悦来咖啡、帕帕珍味、四叶咖咖啡各具风味，茉莉奶白、东方栀子、爷爷不泡茶、麒麟大口茶门前总是排着长队，还有可以"撸猫"的喵内咖啡酒馆。悠闲的午后，在这里小坐，面包和咖啡的馥郁香气把凡人琐事挡在门外,只剩下忙中偷闲的闲暇时光。喝一口热咖啡,再咬上一口热乎乎软绵绵的面包,就是身心小小的满足,如果恰好有阳光的律动和舒缓

这口"甜",就是身心小小的满足

的乐曲，那最好不过！

因采访走在青云路，总被各种美味给勾住脚步，尤其抗拒不了的是甜品，各式各样的"甜"冲淡我写作中的焦虑和苦恼。我以前偏爱奶茶，一口咸香绵密的奶盖让我瞬间满足，我嫌咖啡味苦。后来慢慢接受了咖啡，轻啜一口，苦涩的味道弥漫在唇齿与咽喉间，慢慢回味却可以体会到苦涩中带有一缕芳香。写作如此，生活亦是如此，细细品味、回味，才体验到更多的味道。

图书馆的模样 | LIBRARY

阿根廷国家图书馆前馆长、作家博尔赫斯在《关于天赐的诗》一诗中写道:"我心里一直都在暗暗设想,天堂应该是图书馆的模样。"这经典的描述让我感动。

图书馆是人类知识、思想和智慧的汇聚地,是公共文化服务的重要阵地,也是心灵的港湾。在青云路,有一大一小两个图书馆,分踞于东西两端。

贵阳市图书馆

我生长在新疆生产建设兵团第七师一二六团。团场只有两个地方卖书，一个是书报亭，一个是新华书店门市部。儿时的我最喜欢的期刊是《少年文艺》和《儿童文学》。每到月初，放学时我总会先绕道去书报亭。每当看到新一期摆出来，我就把自行车骑得飞快，回家问爸爸要钱去买书，我把新书放在车筐里后，又骑得飞快地回家。路边的白杨树飞快后退着，车筐里书页被风吹动着"哗哗"翻飞，脑袋后辫子左右甩动着，像极了我快乐而迫不及待的心情。正是这份如饥似渴的热爱，让我每每拿到一本新书都欣喜若狂。所以，我看书的速度很快，一本新书买回家来，半天就看完了，连封底的荧光笔、涂改液的广告都不放过。之后，我又盼着新的一期快来。妈妈总是笑着说："你这孩子是看书还是吃书呢，怎么像抢来读一样？"

仅有一万来人的团场，地广人稀，新华书店鲜有人光顾，总是很冷清。营业员是个年轻漂亮的阿姨，涂着鲜艳的口红，扎着高高的马尾辫，总是高傲而冷冰冰地坐在书店一角的凳子上，吃着瓜子、蚕豆，翻看着最新到货的《故事会》或《知音》。书店不是开架的，书放在玻璃柜台里，还有后面的书架上,每本都让我想翻翻看。我得鼓起勇气多喊几声,才能让漂亮的阿姨不耐烦地起身把书拿给我。那时的我觉得世界上最好的工作就是当新华书店的售货员,架子上的书想看哪本就看哪本,还能第一时间拿到最新一期的杂志。等我上了大学走出团场,去到了图书馆,我就改变观念了,我觉得世界上最好的工作是图书馆管理员。

这是我到贵阳市图书馆采访时,想起的一段往事。

1996年新馆建成之前,贵阳市图书馆的书库是华家阁楼曾经的粮仓。粮仓的功能随着时代发展,从储存物质食粮转变为滋养心灵的"精神食粮",满足了人民日益增长的精神文化需求。

随着贵阳市社会经济的发展,图书馆藏书也随之增加,原有狭小的馆舍已很难适应日益增多的读者需求。经济的发展离不开文化教育。贵阳市文化局在1994年开始筹建新图书馆,选址就在青云路一块三角形的菜地。经过一年多的建设,新馆在1996年建设完成,坐落在风景秀美的南明河畔,建筑面积10 421平方米,开馆的日子选在12月26日——毛主席的诞辰。

贵阳市图书馆

　　1996年12月26日,崭新的贵阳市图书馆正式向社会开放。同时开放的还有门前的数十家书店。当时,这么大的图书馆在整个西南地区都是首屈一指的,1998年、2004年、2009年、2013年分别在全国公共图书馆评估中获评为"国家一级图书馆(地市级)",多年来保持着省、市级文明单位荣誉称号。

　　1998年,贵阳市突发洪水,新路口一带的积水足有半人多高。一天,电视台播出的新闻画面上,一个男人正在街上齐腰深的水里追着被冲走的电视机,小黄静看着男子焦急的样子笑得前仰后合,喊妈妈快来看,妈妈的笑容定在脸上,连呼:"哎呀,哎呀,那不是你家舅舅嘛!"图书馆门前两排书店更是损失惨重,洪水过后,书店门口尽是被水泡过的书,店家将其晒干后以极低的价格出售,引来市民大量购买。当时在贵钢工作的李持平每逢周日只要闲暇,最爱的去处就是青云路图书市场,每次都大包小包购买喜欢的图书。他说:"水灾后,青云路图书市场受灾,但对我们购书迷则是淘书的机会,那个星期天我用整整一个上午淘到包括精装《史记》等几十册好书,这些书拿回来必须慢慢地阴干,不能在太阳下暴晒,否则会变脆。至今我的书架还保存有那时的水淹书。"

  这场洪水过后,青云路西段迎来了最鼎盛的时期。图书馆恰和街边的书市互补,借书的人和买书的人形成了如织的人流。人们可能在书店看中一本书,因为经济原因,进图书馆借阅免费的,也可能在图书馆看到了一本书,因为喜欢而去书店买一本。1998年,贵阳市图书馆的读者量突破38万人次,贵阳市图书馆原馆长郭春说:"那时候我们送书下乡,看到往龙洞堡的路上有一块大牌子,写着50万南明人民奔小康。要知道当时南明区、云岩区两个主城区居民总共也就100多万,这说明大概有三分之一的贵阳人来过我们贵阳市图书馆。"

2001年,由于青云路的拓宽改造,书市搬走了。这在一定程度上影响了图书馆的人流量。2005年设施更先进、藏书量更大的贵州省图书馆开放以后,贵阳市图书馆借书的人下降到了20万人次左右。为了留住读者,贵阳市图书馆做了很多努力。当时,贵阳市没有少儿图书馆,贵阳市图书馆在2004年专门增设了少儿部,不定期举办各种活动、讲座,以吸引少年儿童加入阅读队伍。

郭春告诉我:"图书馆的职能以前有四个,一是保存人类文化遗产,二是开展社会教育,三是传递科学情报,四是开发智力资源。这是我们上学时学的四个职能。现在增加了一项,提供文化娱乐。我不赞成有人提出的功利性阅读的说法,其实谁读书都是有目标的,用中性的说法应该是针对性阅读。在这个知识爆炸的年代,读书有随机性,也有目的性,不管是看纸质书还是电子书,甚至是微信上一篇短文,只要去阅读,去思考,就是好事。现如今,阅读方式的改变和选择的多样性实际上是社会的进步。纸质书有更加系统的知识树和科技树,电子书则给阅读提供了更加便利的条件,只要去读,总是好事。"

2006年,《新京报》发表了《国民图书阅读率首次低于50%》的文章,引起了社会广泛关注,也给图书馆员带来了更多思考。在多元化阅读方式的包围下,传统图书馆要推陈出新才能吸引人。2009年，贵阳市图书馆推行了24小时自助借书室。位于馆内的24小时借书室拥有藏书8 000册，占地面积40余平方米，热门书籍以文学历史方面的居多。从2009年至今，借阅量为2万人次至3万人次，相当于每本书有3个人借过。

2012年，贵阳市图书馆的借阅量是30多万人次，这个数据在西南地区属于中等，但和东部城市相比仍有差距。以贵阳市当时400多万的人口计算，平均几个人才借一次书，这是一个令人感到遗憾的数据。这种现象的出现至少说明一点，与越来越多的娱乐方式比较，人们的阅读时间大大减少。

图书馆要懂得推陈出新才能在竞争中缩短距离。贵阳市图书馆于2009年建立了贵阳市数字图书馆，2012年建成社区24小时自助图书馆。2017年，贵阳市图书馆增设了指静脉借书，通过运用指静脉识别技术（该技术通过利用手指内血液中的血红蛋白对近红外光的吸收而形成的静脉血管图像，转换为数字特征后进行身份识别）实现了无证化借阅图书。2018年开始建设"社区图书馆共享系统"，实现了图书分享、图书借阅、电子书下载等功能，使得图书馆服务和读者之间日益贴近，在一定程度上解决了公共图书馆服务"最后一公里"痛点，取得了良好的社会效益。

这一改变既留住了纸质书读者，又争取了数字书读者。

青云路是贵阳市少有的正东西朝向的路。在贵阳市图书馆工作多年的老职工说，他每天上班时迎着东升的太阳去上班，下班时正好迎着西下的太阳回家。我笑道："你这是向日葵啊，早晚都迎着太阳走！"

走进图书馆，目光所及皆为光。去阅读吧，让心灵之花向阳生长！

三克岛图书馆

在写这段之前，我把青云路分为两段：西段是人文的，冷清的；东段是热闹、烟火的。后来，我发现熙熙攘攘的烟火餐饮段中，也有不少的人文静地。

三克岛图书馆就是躲藏在烟火段的一块静地，是"马路中间的夜间图书馆"。

靠近环南巷，有个玻璃房子，以柔和的白色和风帆、帐篷为元素设计，有透明的屋顶和透明的玻璃墙。房子仅30多个平方米，最多容纳20人，叫"三克岛图书馆"。店主方静是一位"80后"的女生，她说"三克岛"是自己喜欢的单词sanctum（私室）的音译，叫图书馆是为了和书店区分开，让大家知道这里只能看书，而不卖书。所以，我该称她为馆长，而不是店主。

看似简单的布置却到处暗藏着馆长的心机,处处给人用心和精致的美感。绿色是这里的主打色,窗框和门是绿色的,书架是绿色的,桌上绿色的复古台灯精致而厚重,木质托盘上墨绿色的茶壶配着鎏金的把手和壶盖,或细脖高颈,或矮胖笨拙。就连馆长也是"绿色的"——绿色的棒针毛衣配着绿色的格子裙。19把木椅各不相同,都是方静从各处搜集来的古董。夏天布置着粉玫瑰和白玫瑰,秋天地面铺满金黄的银杏叶,留声机里的轻音乐如流水般轻轻淌过这里的时光。

三克岛图书馆

从三克岛图书馆路过，可以清晰地看到里面的人在做什么事，看什么书。这种阅读方式和周围喧闹的街区形成对比，成为青云路步行街上一道独特的风景线。方静说，三克岛图书馆最好的时光是夏日的雨天，倾盆大雨噼里啪啦地敲打在透明的屋顶上，又汇集成水流一串串从玻璃流下。

2019年，方静放弃北京的工作回到家乡贵阳，在贵阳市最有文艺情怀的电台街开了首家三克岛图书馆，里面大多是方静出差到世界各地时淘来的二手书。方静尽量去选择已经被时间证实是有价值的书。店里有两公斤重的大部头书，也有很小的书，小到还没有两根手指宽。三克岛图书馆藏在忠烈街的一个旧院子里，没有指示牌，没有醒目的门头，很多人慕名前来，却在门口兜兜转转找不到入口。

方静说："读书到最后是为了让我们更宽容地去理解这个世界有多复杂，所以你见过最大的善意和最大的恶意之后，才知道你要成为一个什么样的人。我真正想卖的是'阅读'本身，所以它该有的样子应是图书馆，它长得应该像自家书房，或是那些最古老的图书馆。"三克岛图书馆贩卖的是阅读的时间，每个小时20元，50元封顶。租一本书，不管是珍贵的孤本还是市面上的畅销书，都只需要1元1天。

在青云路开店实际上不符合方静一开始对三克岛图书馆的预期，她原本希望的"三克岛"一是不临街，二是要安静。而青云路这里既临街又不安静。为了适应青云路的环境，方静挑选了很多适合浅阅读的读物，店里以画册、影集和杂志居多。纵然青云路上行人熙攘，三克岛图书馆仍然清静。有人在三克岛图书馆的视频号下留言："行人匆匆唯有三克定心，人生百态唯有图书最美。"路过三克岛图书馆，透过透明玻璃，大多数时候看到的就是方静一个人坐在里面看书。有次有朋友来看方静，说："我来来回回几趟，就看到你自己坐这看书，你是在搞行为艺术吗？"方静说，她能做的大概就是示范，带动更多人来坐在这里享受一段愉悦的阅读时光。

在青云路，每天有不少人好奇地向里张望，鲜有人真正踏进这个透明的房子。有人一进来就爱在这里坐下不走了，也有人不理解进个店竟然要按时间收费这种营业模式，一边忙不迭地解释说："对不起啊，我真的一本都没看。"一边慌忙走出门去。

方静开店 3 年，新加的微信好友有 1 200 人，三克岛图书馆办理的借书卡也已经突破了 1 000 张。这说明有 1 000 人在三克岛图书馆体验了借书的乐趣。有一对暑假来贵阳旅游的父女，连续 5 天在夜幕降临时走进青云路的三克岛图书馆,父女俩各自挑选喜爱的书,安静地坐着看书。他们把在贵阳游玩的每个夜晚都留在了三克岛图书馆。

有外地游客来过后便念念不忘,在"马蜂窝"写下游记:

灵魂长什么样,它就显现什么样子,不必也懒得矫饰。你万分惊喜于这满地的书……书本们个个豪放,袒怀鼓腹,站的、躺的、坐的、蹲的、斜倚的。穿着衣服半新不旧,只求舒服自在。人在这里反有点束手束脚,不小心碰了哪里,发出点稍大的动静,先自慌乱一下。这是书的家,人是客,客就必须恭敬些,才像话。

我曾在三克岛图书馆参加过几次阅读活动。大家用随机分到的汉字小卡片来拼接创造属于自己的诗。有个腼腆的小伙子拼了一句"爱在火锅里跺脚",让我好一阵赞叹,还有个六年级的小姑娘虔诚而温柔地把她拼好的诗读给大家听,她说:"校园里的树叶正像纤羽般落下。"

窗外是热闹的街市和熙攘的人群,屋内是明亮清净、书香浓郁。

遗憾的是,在此书出版前,三克岛图书馆已经停业了。但是两年多来,它在青云路的时光里写下了一段温情而美好的时光,它所承载的记忆和影响仍然可以在人们的心中继续传承。

文创小店

第四章 山河印迹

南明河孕育了贵阳市，孕育了南明区，更孕育了青云路。

70多年，2万多天，新中国在岁月的年轮上刻下了一道道深深印记，挑战了一个又一个的不可能，巨变的程度之深、范围之广、影响之大，前所未有、世所罕见。一条河、一条路、一个广场、一片蓝天在变与不变中记录着历史发展的痕迹。

辉煌凝结着奋斗的艰辛，成就映射着时代的变迁。连绵峭拔的群山，奔腾不息的江河，钢铁般的意志与不屈不挠的灵魂，共同汇聚成新时代中国昂扬激越的洪流。这里面，有他，有你，也有我。

谨以此章致敬这热血奔涌的伟大时代和可爱可敬的生活！

第四章 山河印迹

谨以此章致敬这伟大的时代

筑城的秋色

一条河

  2021年，正逢中国共产党百年华诞，一百年风雨兼程，一世纪沧桑巨变。值此重大历史节点，贵阳市住建局翻阅贵阳市城建档案，遴选出近千幅珍贵的资料，于"七一"前夕推出100集贵阳城建历史影像回顾，取名为《筑城·筑迹》，呈现这座城市的发展变迁。网友"良友"评论道：

  往事如烟，恍然如梦，记忆碎片如絮飘飞……儿时的河滨公园，坐落在筑城的母亲河——南明河畔，是一座有些历史的公园了。两岸垂柳依依，袅娜娉婷，翠鸟鸣堤，蜿蜒而至的河流，静静流淌着，河段不深处，水质清澈见底，河底的卵石光洁明净清晰可见，小鱼小虾集结成行穿行其间。我们拿个撮箕在溪流中捕捞着,欢声笑语追逐嬉戏,水流撞击在腿上哗哗的,溅出朵朵白色的小浪花,衣裤全湿透了根本无所谓,兴奋不已,乐趣无穷。深些的河段,还有不少游泳的人。很美好、很惬意。难忘的童年时光,就此定格。

千百年来,人们依傍江河而生。自古以来人类命运与河水的枯涨紧密地联系在了一起。世界上许多古老的文明都出现在大江大河的流域范围内,非洲的尼罗河流域,西亚的幼发拉底河、底格里斯河两河流域,南亚的印度河流域,中国的黄河、长江流域……

南明河如一条玉带穿城而过,历史上一直是贵阳居民的直接饮用水源。它全长100多千米,流经贵阳市人口最为密集、商业最为活跃、生产生活最为集中的区域。它流淌过数千年历史长河,水波中荡漾过庆顺和王胡子打鱼的日子,垂柳下回响着妇女洗衣的谈笑声、孩子们嬉闹玩乐声。自中华人民共和国成立后数十年间,南明河经历了由清澈到浑浊,再重归清亮的过程,它见证了新中国发展过程中环保理念的不断进步和贵阳人民为了南明河付出的努力。

1949年至1957年,贵阳工业实业逐渐起步。《新黔日报》记者们笔下的文字铿锵有力,记录下贵州人民苦干

南明河如一条玉带穿城而过

实干、艰苦奋斗的峥嵘岁月。1951年,道奇牌货车改装的"五一型"公交车在中华路载上了第一位客人;1953年,贵阳大十字的百货大楼正式营业,琳琅满目的商品进入千家万户;1956年国庆,由我国自产的第一批解放牌汽车在长春第一汽车制造厂下线,其中一台就被送到了贵阳。那一天可谓倾城出动,贵阳市民纷纷涌上街道迎接解放牌汽车。

1958年,甲秀楼翻修,南明河畔这颗熠熠生辉的明珠恢复往昔风采。贵阳工业、轻工业也迅速发展起来。1958年5月1日,《新黔日报》记者刘学洙撰写的一篇名为《春色满山城》的通讯报道,讲述了当时贵阳工业发展情况:"为了满足机械生产需要,根据省委省政府规划,中曹司到甘荫塘路上,贵阳矿山机械厂开工建设投产。同时期,贵阳引进了大批工业专业人才,带动本地区生产技术水平发展起来。"对于入黔的大批建设者们,刘学洙称之为"夹着皮包的外地客人",皮包里内含"大乾坤"——有机械、化学、钢铁、有色金属等工业的生产技术和图纸,更有专业人才投身贵州建设发展的满腔热血。

同年9月,一根直径为24毫米的圆钢像一个初生的婴孩被人们从轧钢车间小心地抬了出来,这是贵阳钢铁厂生产的第一根钢材,这开启了贵阳钢铁工业的新征程。工人们披红戴花、敲锣打鼓，兴高采烈地从油榨街出发，步行6千米，穿过中华路到六广门，来到了省政府大礼堂，向正在召开的中共贵州省委扩大会议报喜。那自豪的笑声和震天的锣鼓声喧闹了整个贵阳城。

从1956年开始，通过公私合营，大批作坊和小工厂合并成为国营或者集体企业。同时，沿海发达地区搬迁和援建的工厂逐渐在贵阳建成。贵阳电厂从月亮岩搬迁到南明河上游城外，花溪、小河陆续建成贵阳轴承厂、贵阳电机厂等工厂，在几年时间变成了工矿区；贵阳钢厂、贵阳红星拖拉机厂、贵阳水泥厂、贵阳农机工具厂、贵阳电线厂、贵阳电池厂、贵阳黔光铝制品厂相继建成，贵阳城的西南和东南角，都变成了工业区。大量的工厂在皂角井、四方河、油榨街、兴关路、小河、中曹司一带聚集。

经济发展越来越快，社会的环保意识和法律法规的建立还未跟上这大步迈开的步伐。贵阳工业飞速推进发展的同时，污水处理设施没有及时配套，大量污水毫无顾忌地排入南明河里。工业化进程和城市扩张带来了经济的快速发展，却也带来了环境污染。

韩锡臣在《贵阳市南明河污染现状》一文中写道：

1958年，因城市电力需求不断增长，原南明河下游水口寺处的贵阳电厂迁往上游皂角井处。以后又几次扩容，受当时技术水平限制,电厂以水力除尘方式,产生大量含高浓度粉煤灰废水,由于处置能力有限,于20世纪60年代末开始向南明河中排放。从1967年至1979年4月,每天以1万吨的排水量向南明河排放含粉煤灰的冲灰水,致使在25千米长的河段中沉淀粉煤灰竟达150万吨,沉积附着在河床里的每一处礁石浅滩上,造成河道淤塞,河床升高,破坏原生质与水体之间的平衡状态,使河水发黑发臭,日趋恶化,鱼虾及各种水生动植物几乎绝迹,个别幸存鱼类也发生畸变。

这仅仅是电厂的排放,而与南明河相邻的数百家工厂,每日都产生大量的污水。由于当时技术条件的限制,污水处理能力远远无法满足需求,沿河工厂的污水排放如同毒素一般,逐渐侵蚀着清澈的南明河。到20世纪70年代末,上游电厂和居民倾倒的煤渣导致河床淤积严重,最深处达5米,最浅处也有1米,南明河因此变成了一条"黑河"。

到20世纪90年代,南明河污染状况已经触目惊心,沿岸到处是煤灰垃圾,贯城河与市西河沿河两侧,均是贵阳市环境与卫生最差的地段,除两河上游排放的污水外,两侧的住户有不少居住在自搭自建的简易房里,没有多少卫生设施,垃圾与污水都直接倾倒在河里。河水水质严重恶化，鱼虾绝迹。一遇到暴雨，南明河就会漂满垃圾和白色油沫。

贵阳人对这条从家门口流过的母亲河有着很深的感情。因此，贵阳市民就常常自发组织起来，通过参加义务清淤的方式对污染进行清理。从 20 世纪 80 年代开始，贵阳市委、市政府每隔一两年都会组织工程较大的南明河清淤行动。摄影爱好者吴东俊用大量照片记录了 20 世纪 80 年代末至 21 世纪初的南明河清淤工程，他说："当年在南明河的各个段落，同时工作的劳动者，有的地段可达数百人，视觉上非常震撼。"河水散发出阵阵臭味，还有很多蚊虫飞舞着，黑黑的淤泥厚厚地堆在一起。河岸边铺着一条条用宽约 50 厘米的木板打上横木条制作的简易梯子，一排排背着盛满泥土背篼的劳动者穿着解放鞋，拉起裤腿，披上编织袋，背着几十斤重"背篼"从河床顺着梯子爬向河堤，背篼里"滴滴答答"的泥水流了一路。队伍浩浩荡荡，从桥下河床中心一直延伸到河岸。他们有老有少，有男有女，甚至有带着孩子的妇女，孩子就在河岸上玩着等着大人收工。

"背篼"在贵阳是一种职业，他们遍布在贵阳的大街小巷，走街串巷、肩挑背扛，靠最原始的劳作方式，在城市里谋生，就像重庆的"棒棒"一样。呈倒梯形的竹背篓是他们谋生的工具,也是身份的象征,甚至是他们的名字,在街上一喊"背篼",立刻会有背着背篼的人小跑到跟前。

这成百上千的"背篼"聚在一起劳作的场面蔚为壮观,吴东俊的镜头中,这些影像如同塞巴斯蒂昂·萨尔加多镜头下的劳动者。吴东俊说,在城市建设和发展大潮中,离不开那些特别能吃苦的劳动者。这些"背篼"大都来自紫云、织金、惠水、安顺等地。20世纪90年代初,越来越多的年轻人走出大山,走进现代都市。他们不怕脏,不怕累,什么活路都干,在城市里发挥着个人价值。参与南明河清淤工程劳动强度大,他们背起六七十斤一袋的淤泥,从河道送到一两百米外的指定地点,每背一次就可以领取竹签或纸牌作为记录,凭记录获取两三角钱的劳动报酬,一天下来能赚取10多元。

仅靠人力在短时间完成大量淤泥清理,被当时的媒体和学者盛赞这是"用双手创造了一个奇迹"。1985年,为治理南明河污染问题,"贵阳市南明河义务清河指挥部"组织了大规模的群众清河义务劳动。同年12月4日,时任贵州省委书记的胡锦涛同志出席了南明河清淤动员大会,并带头参加了清淤义务劳动。几乎每隔几年,河道管理部门就要对南明河进行一次彻底的大清淤行动。据统计,在当时共有33万人参与了义务清淤。尽管如此,南明河淤泥堆积速度还是出乎了人们的意料。从河里清理出来的淤泥也逐年增多。据贵阳市河道管理处的数据,从1986年到2011年,从南明河中清理出的淤泥近200万立方米。如果把这些淤泥全部堆放在一个足球场上,高度可达250米。

事实上,南明河整治方式以清淤、筑坝等治标工程为主,没有彻底解决岸上直排的问题。再加上南明河支流众多,涉及不同区域以及不同的管辖部门,单一河段治理并不能缓解全流域的生态压力,南明河治理从而陷入了"反复治、治反复"的循环,效果不佳,民怨难平。

2000年,"南明河三年变清工程"清淤现场

保护南明河不仅是生态问题、环境问题,更是民生问题、政治问题,整治修复南明河水环境刻不容缓。2000年

9月,贵阳市委、市政府在长江源头立碑铭志,表达了全市300多万人民对长江生态环境的关注和治理南明河污染的坚定决心。市委、市政府向市民承诺:从2001年到2004年,用三年时间,使南明河"水变清、岸变绿、景变美"。

贵阳地处复杂的喀斯特地带,要穿越人口密集区,流域水环境治理是一大难题,如南明河这样距离之长、人口之密、污染之巨的案例没有成功先例可循。为期三年的治理规划,一头扎进才知先污染后治理的代价多么巨大,道路多么艰难。贵阳市按照先易后难、先上后下、先截污后绿化整治、河道清淤的原则步骤,对南明河及其支流进行了10大类39项整治工程。"南明河三年变清工程"于2004年5月顺利完成,蒙垢多年的南明河终于慢慢重现美丽的容颜。南明河初次实现"水清、岸绿、景美",获国家11部委联合授予的"中国人居环境范例奖"。

2004年6月25日,为庆祝南明河"三年变清",贵阳市及南明区委区政府举办"中国·贵阳南明国际龙舟精英赛",邀请了国内外26支龙舟队伍参赛。800余名国内外教练员、运动员、裁判员和贵阳市民一起见证了南明河的美丽焕发。万绿丛中鼓声阵阵,碧波之上龙舟竞发。这是西南地区首次国际性龙舟赛事,被誉为规模最大、档次最高、参赛人数最多的赛事。这不仅是对"母亲河"的成功保护,更关系着一座城市的可持续发展和人民群众的幸福指数。

中国·贵阳南明国际龙舟精英赛

改造南明河工程从此成为永不停歇的作业。贵阳市改变了以前分段治理的思路,坚持全流域统筹综合治理,改变以往"头疼医头、脚疼医脚"的治理模式,从"治标"向"治本"转变。水厂"长藤串瓜式"分散在南明河干支流沿线,就像串在南明河沿线的一颗颗珍珠,不断提升河流的生态自净能力。

南明河的"起死回生",是政府和人民共同铸就的辉煌。经过一番艰巨的刮骨疗伤，如今的南明河芳草萋萋、鱼翔浅底，成为贵州生态文明建设的一个缩影，更为同类型城市河流治理贡献了"贵阳方案"。

当和煦的春风又一次吹拂着这片土地，南明河畔疏影横斜水清浅，暗香浮动。金灿灿的迎春花又一次开得轰轰烈烈，朵朵小花一团团争先恐后地探出头来，像挤在一起探眼看世界的小孩子。河边成排成排的樱花树也开花了，红的、粉的层层叠叠的花瓣包裹着微风中微微摇动的花蕊，层层叠叠地簇拥成一团一团的，远看像一片片红云粉雾。高大的玉兰树也不甘寂寞，洁白的花瓣厚实而巨大，

甲秀楼夜景

高傲地挺立在枝头。一树又一树争奇斗艳把河道边点缀得五彩缤纷，一只只白鹭时而在浅滩觅食、嬉戏，时而飞跃在水面上，雀鸟欢鸣、白鹭翻飞，让南明河畔自然生态多了几分灵气。

南明河沿河的健身步道上，不时有人停下脚步用相机记录这春日美景。沿河健身步道是 2016 年贵阳市政府惠民工程之一，从 2017 年这一个春天起，人们有了更加舒适地亲近南明河的方式。具有运动、旅游、休闲、康体等综合功能的健身步道起于解放桥，沿途贯穿了甲秀楼、筑城广场、河滨公园等地标性建筑和历史文化区域。铺设的环保型无毒、无味、无污染且耐磨、耐水泡的高性能聚氨酯材料，是当时国内运动保护性能最高、环保性最高、耐磨性最高的步道建设材料。市民在步道上无论是快走还是跑步，都能提升运动的舒适感和安全度。每天早晚都能看到不少市民一边沿南明河跑步，一边欣赏着春夏秋冬变幻的风景。

百年历史随着源远流长的南明河在甲秀楼畔流淌传承，隐匿在高楼和霓虹灯间的小巷记载着动人的岁月故事。

一条路

　　写青云路为什么要写遵义路？不仅因为它横穿过青云路，更因为遵义路数十年来作为贵阳的一条迎宾大道，一头是火车站，一头是邮电大楼，火车站以连绵的铁轨铺展出一条连通外界的交通要道，邮电大楼以看不见的电波连接着贵阳与世界的沟通。

2008年的遵义路

一个朋友告诉我,他年轻时喜欢收集各地的烟标,由此认识了一个广东的集烟标爱好者。1983年,那个广东朋友出差来到贵阳,在贵阳火车站下车后就坐1路公共汽车到邮电大楼,站在朝阳桥上请人帮他拍了张纪念照,正好把朝阳桥、遵义路、邮电大楼囊括进去。这个角度正好是"朝阳桥"香烟上的烟标图案。"朝阳桥"香烟曾是贵州最有名的香烟,烟标上设计的朝阳桥、遵义路、邮电大楼都是贵阳向新中国成立十周年献礼的建筑。

1958年,一幢红色的欧式建筑在贵阳拔地而起,这便是贵阳火车站,直至2000年12月,它才被原址上新建的火车站所取代。1959年1月16日,黔桂铁路都匀至贵阳段正式通车,这一天在贵阳发展史上具有里程碑式的意义。

列车首发当日,站台上人头攒动,眼见列车即将驶离,身着盛装的少数民族同胞挥手道别,《贵州日报》的摄影记者王正雄按下了快门,记录下了黔桂铁路全线开通这一历史性时刻。这是解放初期贵州发展的高光时刻。这一张张笑脸,这整装待发的列车,生动地展现了贵州从闭塞走向开放的蓄势待发之态。从此,贵阳的铁路不再是空白,铁路将贵阳和川渝、华中、华南及云南紧密地联系起来,不仅方便了人们的日常出行,也为贵阳的发展带来了更大可能。

现在贵阳四通八达的路网

从昔日的铁路空白,到1959年黔桂铁路的全线通车,再到如今贵州成为西部第一个实现县县通高速的省份,拥有世界第一的高桥数量，以及四通八达的高铁网络，贵州交通实现了从"天堑"到"通途"的巨大跨越。"路网"的完善不仅重塑了贵州这一偏远省份与神州大地、五湖四海的时空格局，还极大地拓展了贵州人民的生活半径，乃至改变了他们的人生轨迹。贵州的发展速度令世人惊叹。当然，这是后话。

在火车站建好后，2 000 米外正对着火车站的另一头，一座同样苏式风格的宏伟建筑也开始初露雏形，这就是邮电大楼。邮电大楼主楼有 8 层，副楼 6 层，层高 5.6 米，总高度超过 40 米。从 20 世纪 60 年代至 80 年代中期，邮电大楼一直是贵阳市的第一高楼。当时站在楼顶，几乎可以把整个贵阳市尽收眼底。即便如今已有更高的建筑涌现，邮电大楼依然是贵阳市的地标性建筑，承载着深厚的历史记忆。在那个车马慢的年代，邮电尚未分家，联通、网通、移动、铁通还没有出现。无论是收发电报、申请安装电话、信件投寄、邮票售卖，还是排队打长途电话，所有的通信业务都需要到邮电大楼办理。邮电大楼代表着当时最现代化的通信技术和最全类别的通讯业务。邮电大楼里的繁忙不分寒暑冬夏。

邮电大楼

邮电大楼的建成对百姓生活的意义不仅是"家书抵万金",雪片一样进进出出的信件饱含着一笔一画的深情,装着那个时代的问候与情感,也装着时代车轮滚滚向前的新生之喜与蜕变之痛。在如睡狮猛醒的改革开放初期,通信业务不仅是老百姓沟通往来的情感纽带,还可能是"电话一响,黄金万两"的商机生意。后来,随着时代的变迁,书信、包裹、电报等传统通信方式逐渐发展为寻呼机、"大哥大",并最终演化为智能手机等现代化的通信手段。再后来,贵阳大数据产业从无到有,从初步发展到蓬勃兴起,使得贵阳成了大数据之都。大数据也因此成了世界认识贵阳的新名片,而贵州则被誉为"云上贵州"。从车马邮路到即时通信,从见字如面到万物互联,距离在变化中缩小。科技的发展如同春风化雨,潜移默化地改变着人们的生活。

1959年,以火车站和邮电大楼这两座标志性建筑为起止点,一条长2 000米、宽60米的大道竣工,并于同年9月通车,以此献礼中华人民共和国成立十周年。此道因玉田坝的朝阳洞洞口正对其间而得名"朝阳路",至今遵义路上的桥梁仍被称作"朝阳桥"。两年后,为纪念红军长征期间遵义会议的历史转折,这条大道更名为"遵义路"。

20世纪50年代的遵义路

据《贵阳晚报》老记者聂俊回忆,在1959年遵义路刚建成时,这条大路十分空旷,除了一头一尾的邮电大楼和火车站,遵义路上没有任何楼房,瓦房也很少。许多老贵阳人以此为傲,认为它与画报上的北京长安街一样气派,堪称贵阳的"长安街"。自20世纪70年代起,道路两旁逐渐建起了楼房,并种植了美观的行道树。2001年,原有的老式沥青路面被替换为硬质沥青路面,解决了高温下沥青融化的问题。同时,路边的法国梧桐也被更换为香樟、银杏,人行道也用红色的桃花石重铺了一遍。遵义路可以算是贵阳城市发展建设中最具前瞻性的规划设计,足有60米宽的大道直到现在仍能满足车行需求,两旁高楼耸立,是贵阳市迎接外来宾客的"迎宾大道"。

随着时代的发展,遵义路沿途先后建设了许多办公、集会与娱乐的场所。塑有毛主席像的春雷广场和仿人民大会堂设计的"红展馆"相继落成。"红展馆"全称为"红太阳展览馆",在当时是贵阳的一大景观,以其漂亮、豪华和巨大的规模吸引了众多市民前来留影,他们说就像到访人民大会堂一般。1981年3月,"红展馆"转变为"贵州省科学文化会堂"。1996年又更名为"贵州国际经济技术贸易中心",成为举办各类展览及展销会的场所,也是春节市民置办年货的集市聚散地。后来,它再次更名为"展览馆",近年改为"贵州省公共服务中心"。

至于遵义路上的贵州电视台大楼所在地,20多年前曾是贵阳市糖食糕点厂。在计划经济年代,该厂供应了贵阳市大部分的糕点,品种有大方饼干、蛋糕、桃片糕、桃酥等。原贵阳糕点厂的部分职工后来自行组合成立了富圆糕点厂,如今在该店仍能购买到五仁、火腿、水晶馅等黔式酥皮月饼,以及贵阳人熟悉的其他老味道糕点。

原广电大院内的贵州省电视台大门

一个广场

  南明河里碧波荡漾着万家欢乐，筑城广场上风筝飘荡着美好的希望。在贵阳，如果说有一个地方能看尽历史缩影和现代繁华，那非筑城广场莫属。

  人们常说："一座老广场，半部贵阳史。"从春雷广场到人民广场，再到筑城广场，这个坐落在南明河畔的老广场随着贵阳的发展以及人民生活需求的变化而变化。

1968年建成的春雷广场

1968年7月6日，在遵义路东段的一侧，毛主席巨型塑像开始动工，春雷广场的建设也随之拉开帷幕。一听到这个消息，每个贵阳人都激动万分，很多人都申请加入修建队伍，美术功底好的、有雕塑经验的纷纷请缨，大家都以能加入其中为荣。许多厂矿、公社、部队、机关学校的无产阶级革命派、革命群众、解放军指战员等主动到工地参加劳动，做力所能及的工作。来自上海、天津、江苏等省市的支援物资和设备，铜仁、镇宁等地和贵阳地区厂矿的物资和设备，也被源源不断地运往南明河畔这片热火朝天的工地。人们夜以继日，废寝忘食，共有171 600多人次参与其中，仅仅用了6个月的时间就完成了这项浩大的工程。

毛主席的塑像高达12.26米，象征着他的诞辰——1893年12月26日；塑像底座则高达7.1米，寓意着中国共产党的诞生日期——1921年7月1日。塑像前方是一个占地960平方米的检阅台，这一面积恰好与我国960万平方千米的陆地总面积相呼应。而在广场的前端，矗立着一座国旗台，旗杆的高度设定为19.49米，寓意着中华人民共和国于1949年10月1日成立。这座毛主席塑像已经不畏风雨地矗立了50多年，威严而深情地凝视着这片土地，看着一座座高楼拔地而起，看着贵阳城伴随着祖国心跳发展壮大。

1968年12月28日，贵阳地区20多万军民隆重集会，在检阅台下边和两侧的活动场地，热烈庆祝伟大领袖毛主席塑像在春雷广场落成。《东方红》的歌声响起来，军乐高奏，礼炮、鞭炮齐鸣，巨大的彩色气球带着巨幅标语连同无数彩色气球腾空而起，喜庆的锣鼓声响彻云霄。那时，老百姓没有太多休闲娱乐需求，春雷广场承载着贵阳人民为数不多的社会娱乐活动。这里举行了许多重大集会，成了一代人难忘的记忆。

1978年改革开放，经济实现高速增长，沐浴在这股春风中的贵阳也驶入发展快车道。人们的生产生活得到一定的满足，开始有了休闲娱乐的要求。1979年，春雷广场改名为人民广场，这里从政治活动中心变成了人民群众休闲、娱乐及文化活动的场所。广场两边增设了方块草坪和座位，弱化了20世纪60年代的集会作用，成为当时贵阳人休闲、娱乐及开展文化活动的地方。广场对面还新建了面积3 800平方米的北广场。北广场上修建了贵阳市工人文化宫，人们在这里学跳舞、学音乐、学美术。后来还增加了一些娱乐设施，北广场成为贵阳文化活动的主要场所。

在经济发展奋勇向前的背景下，人民文化活动越发受到重视。为改造扩建北广场，1999年1月，广场对面贵阳市新桥粮食仓库和贵阳市工人文化宫被爆破拆除。一座直径为20米的花坛钟和两座14.5米高的蓝色透明金字塔、几组长方形与三角形的喷水池，还有一面大型彩色电视屏幕，在广场上一一落成。遵义路横穿原春雷广场和改扩建的北广场。

2001年8月10日，在广场上举行的"首届中国贵阳国际围棋文化节"盛大开幕式，可以说是西南一隅的贵州向世界发出的新世纪强音，很多贵阳人至今还对此津津乐道。吉尼斯世界纪录认证官在此高声宣布："在2001首届中国贵阳国际围棋文化节开幕式上，4 002人对弈的贵阳新世纪杯围棋快棋表演赛创下了世界最大规模围棋赛的吉尼斯世界纪录。"整个开幕式以恢宏的气势,热烈的氛围,精彩的表演,独特的创意受到赞誉,为贵阳新形象增添了精妙绝伦的一笔。

2011年,贵阳"森林之城"和"避暑之都"两大名片愈发响亮。人民广场再次拓宽后改名为筑城广场。贵阳简称"筑",与竹有深厚的渊源,"竹"谐音"筑",因此广场的更名不仅展示了贵阳悠久丰富的竹文化,而且

2008年的人民广场

有鲜明的地域色彩。新扩的筑城广场呈半岛状，总面积达16.07万平方米，有以贵州传统少数民族民间竹制乐器芦笙为创作元素的雕塑"筑韵"，雕塑四角分别坐落着四只瑞兽，寓意四方和谐、平安。一年四季，筑城广场都是贵阳一道亮丽的风景线，成了贵阳市的城市会客厅，并汇聚了集会、休闲、文化、历史纪念、商业等多种功能，最多可以容纳10多万人。

这时的筑城广场是广场文艺演出、文艺汇演、艺术表演的平台。这里不仅是群众文艺演出、消夏纳凉的文艺演出的举办地，也是企业开业庆典、商品推介活动的热门选择，甚至吸引了各地州市前来举办商品和旅游文化产品的推介活动。

筑城广场见证着贵阳这座城的点滴奋进，聆听着一代又一代贵阳人的悲欢离合。广场上每天都自发聚集着大量市民，他们随着这和平安宁的生活乐章歌唱着、舞蹈着，孩童们在这里笑闹玩耍，用舒心畅快的笑容和翩翩飞旋的舞步共同营造出这个城市客厅的轻松自然与安然舒适的氛围。

2014年，筑城广场全景

与筑城广场一路之隔,南明河北岸的河滨公园,也是贵阳人心中的一片乐土。贵阳有一首童谣传唱:"你不张(理)我,我有人玩,河滨公园划龙船。"道出了孩子们对河滨公园的热爱。

据首任贵阳市市长何辑五在《贵州政坛忆往》一书中回忆,河滨公园名称是其在任时拟定的,而公园的修建则是贵阳市民自掏腰包捐钱捐地的成果。

如今的河滨公园内,楠园、竹屋、竹廊、竹亭、竹篱笆等园中园相映成趣,置身其中,可以感受到真正的山林野趣。这里是游人品茗对弈、垂钓游泳、赏玩休憩的好去处。每当夕阳西下,住在附近的苗族、布依族老人便在此悠闲地闲聊、遛鸟或对唱山歌,构成公园内的一道独特风景。花坛鱼池与画廊舞厅错落有致,楼台亭榭及游乐设施掩映于万绿丛中。

这是贵阳人记忆中一道醒目的亮色,珍藏了几代贵阳人的美好回忆。

一片蓝天

每到初夏来临,我总会向远方亲友发出邀约:"你来,无论多大风多大雨,我要去接你。"这原话是梁实秋说的,而我隐藏了"你走,我不送你"这半句,送还是得送的。

贵阳市位于北纬 26 度,平均海拔 1 100 米,夏季平均气温维持在舒适的 22.3 摄氏度,负氧离子浓度每立方厘米超过 1 万个,因此享有"中国避暑之都"的美誉。贵阳市在"2006 年中国避暑旅游城市排行榜"评选中,入选"中国十佳避暑旅游城市"并连续两届名列第一。2007 年 8

月 31 日，贵阳市政府委托中国气象学会在北京组织有关专家，对《中国避暑之都·贵阳》课题进行论证，根据贵阳市 80 年来的气候资料完成了贵阳市避暑气候条件的综合分析，专家组一致认为贵阳市气候具有温度适宜、湿度适中、风速有力、紫外线辐射低、海拔适宜等优势，从而正式授予贵阳市"中国避暑之都"称号。可见，"中国避暑之都"这一称号不是贵阳自封的，而是经过官方认证的。

贵阳的凉爽、舒适并不是天生的，20 世纪八九十年代贵阳还是"全国酸雨污染最严重城市"之一。

"四川的太阳，云南的风，贵州下雨当过冬。"这句俗语形象地描绘了贵州的气候特点。贵阳，这座海拔约 1 100 米的城市，一年之中半数以上的日子都是阴雨连绵。"天无三日晴"这一说法在这里广为流传，尤其是漫长的冬春两季，总是给人以阴冷潮湿之感。

贵阳工业高速发展的同时，也带来了严重的环境问题。聂俊回忆起 20 世纪八九十年代的贵阳，用"灰蒙蒙"三个字形容："路上是灰蒙蒙的。街道上总是湿漉漉、脏兮兮的。路上满地稀泥或者煤灰，还有散落一地的垃圾和菜叶。天空是灰蒙蒙的。因为家家都靠烧煤火做饭取暖，清晨，很多人家开始生火，无数缕浓烟直冲云霄。城里工厂锅炉随着人口增加而排量增大，城东南和西南每天都冒出红烟和黄烟，弥漫城市上空，那是'贵钢'和贵阳电厂排放的重污染烟尘。城市上空常年灰蒙蒙的。树上也是灰蒙蒙的。由于煤烟太多和酸雨，城区的行道树都长得不好，挨着餐馆树叶上沾满了煤灰，长了几十年，还是小腿粗的小树。山上也是灰蒙蒙的。由于大家都要烧煤，城区周围的山峦都被砍得光秃秃的，大点的树都被人砍来生火了。"

那时，人们几乎每天都生活在尘雾中，难得见到蓝天白云，出门"晴天一身灰，雨天一身泥"。还有严重的酸雨现象。

1990年，贵阳大气中总悬浮微粒超过国家标准1.7倍，二氧化硫含量超过国家标准1.9倍，是全国酸雨的重点区，属于极度污染级别。

贵阳的酸雨与以煤为主要燃料有很大的关系。贵阳人做饭、取暖用煤，饮食烹饪用煤，工业生产也用煤。在家庭用煤方面，每户人家平时至少有一眼炉灶，到了冬天，为了取暖，炉灶便会增多，几乎家家户户都会有一根烟囱从窗户撑出。网友虫虫回忆小时候陪外公准备过冬的煤块的情景："单位运来一车车的煤，分给每家，堆放在院子里，一堆一堆的。外公领着我把大的煤块敲碎，运到一楼院子的煤棚里，剩下的碎煤渣加上黄泥巴和水打成煤球，一排排地晾在墙角。家家户户均是如此，院子里好不热闹，一天下来，真是累个半死。这事通常一天干不完，得好几天才能弄好。"

除了居民生活用煤产生煤烟外，餐饮行业厨房也大量产生煤烟。特别是在秋冬季节，天气转冷，各市场内的经营户为了取暖，纷纷使用小炉子，这进一步加剧了煤烟的排放。所以，一到冬天，煤烟更甚，空气质量更差，整座城市都弥漫在呛人的烟雾中。

产生煤烟的另一个重要原因是工业用煤，特别是一些大工厂。例如，贵阳钢厂烟雾笼罩着油榨街，贵阳电厂的烟雾笼罩着凤凰村，贵州水泥厂的烟雾笼罩着甘荫塘，贵阳水泥厂的烟雾笼罩太慈桥，贵阳烟厂的烟雾笼罩花香村，贵阳耐火材料厂的烟雾笼罩海马冲，贵阳殡仪馆的烟雾笼罩大营坡。这些大工厂所产生的黄烟、黑烟、红烟和居民的生活、餐饮行业厨房等用煤产生的烟雾汇聚成一块特大的云团，整天罩在贵阳的上空，难得见到蓝天白云。居民回忆，那时衣服都不敢晒在户外，每天傍晚时分一定得记得回家关窗户，否则屋里便会有一层黑灰。

20世纪八九十年代,"贵钢"曾是贵阳市污染大户

为了创建"国家卫生城市",改变贵阳生态环境的落后面貌,贵阳市委、市政府决定强行推进对环境污染的治理。按照国家标准,从城市居民生活、工业排放、生产经营排放、城市扬尘、汽车尾气、燃料管理等各个方面进行综合治理。因此,取缔经营的煤火炉灶,改用煤油和瓶装液化气为燃料成为当时城管部门的一项主要任务。

1991年,张德芳从南明区工商局调到当时的南明区城管中队任党支部书记、指导员。据他回忆,当时城管中队的主要职能有三个:市容管理、城建管理和执行区政府安排的其他任务。市容管理的主要职责,除了取缔违法占道经营商贩、整治市容市貌外,另一项任务就是取缔经营性的煤火炉灶。取缔经营煤火炉灶是一个艰辛的过程。由于贵阳祖祖辈辈都是烧煤，要改烧其他的燃料经营户觉得不适应，加之烧煤的成本较低，所以经营户都不愿改，抵触情绪很大。在1996年至1999年第四次"创卫"中，南明区销毁了煤火炉灶4 000多个。

1997年1月，贵阳煤气工程完工并开始向城区供气。清洁能源的使用大大提高了空气质量。贵阳市于1996年摘掉了"全国酸雨污染最严重城市"的帽子，并在1999年9月的国家卫生城市评选中夺得了"国家卫生城市"的称号。

此后，贵阳市更加大了对环境污染的综合治理，贵阳的天空开始明净。2011年成功创建为"国家卫生城市"，又被中央文明委正式授予"全国文明城市"荣誉称号。2015年3月启动"千园之城"建设。城市公园、森林公园、山体公园、湿地公园、社区公园"五位一体"公园因地制宜地冒出来，大大小小1 000多个公园，真正让贵阳"城在园中，园在城中"。

2016年1月3日，"贵钢"在油榨街的最后一条生产线——中空钢生产线正式停产并启动搬迁。这片土地上钢铁的轰响声戛然而止，近60年的机器轰鸣声归于寂静。这是贵阳市继关停贵阳电厂、清镇电厂，搬迁贵州水泥厂之

绿水青山

后的又一重大举措,标志着贵阳市最后一个重工业"大户"从中心城区撤出。这些重工业企业冒出的黑烟曾是一个时代的骄傲,但在时代发展的进程中,一个个曾经震撼时代的高大身影转身退出了,为生态文明建设让路。重工业的搬迁对贵阳提高城区环境质量,创环保模范城、建生态文明城市具有重大意义。

经过30年的接续努力,贵阳市的良好生态环境已经成为一张名片。2022年10月,据《贵阳日报》报道,贵阳市各区(市、县)环境空气质量达标天数比例在93.5%至100%之间,环境空气质量综合指数在2.31至2.68之间(优类的标准为0~50)。

张德芳坦言,尽管强行取缔煤火炉灶在当时确实起到了一定作用,但也反映出那个年代城管处理问题简单粗暴。兴关路街道办事处的王侃,是一个在城管岗位上工作了20多年的老城管,他给我讲述了多年来城管工作的转变。

2001年,王侃从部队转业到兴关路街道办事处做城管工作,那时青云路、兴关路一带有批发蔬菜的早市,城管队员们每天四五点钟就要来清理早市,疏导交通。"我们两三个队员要抓紧在早高峰来临前清理路面,以免造成拥堵,喊不听,我们就收菜、收秤。"王侃回忆道。然而,现在的城管不一样了。20年来,为了树立新一代城管人"文明执法、严格执法"的形象，城管队员们也在努力改变，内强素质、外树形象，耐心细致地做好解释、劝说工作，教育为主、处罚为辅，用真心和诚心去感化执法相对人和市民群众。现在，城管的工作越来越得到大家的理解和支持，其形象也逐步得到社会的认可和赞扬。通过换位思考，城管队员了解了小摊小贩的难处，而小摊小贩也能够理解城管的工作是为了改变城区市容秩序脏、乱、差的局面。

绿色、生态、文明是永恒不变的发展主题。在贵阳，看绿浪翻滚，有秀色满眼。为了这一片蓝天和一方文明，贵阳一直在努力。

一件大事

悠悠万事,民生为大

2011年5月,时任中共中央政治局常委、中央书记处书记、国家副主席习近平到原贵阳市小河区瑞华社区(今花溪区黄河路街道)考察,从管理模式、服务优化等方面,对群众服务工作作出了指示。

2021年2月,习近平总书记到贵阳市观山湖区金阳街道金元社区考察,了解开展便民服务、加强基层党建等情况。他指出,基层强则国家强,基层安则天下安,必须抓好基层治理现代化这项基础性工作。要坚持为民服务宗旨，把城乡社区组织和便民服务中心建设好，强化社区为民、便民、安民功能，做到居民有需求、社区有服务，让社区成为居民最放心、最安心的港湾。

习近平总书记的足迹中有对人民群众的牵挂，也有对治国理政的思考。在习近平总书记到贵州视察走过、看过的地方，干部群众牢记着总书记关切的目光和殷切的嘱托，热情高涨，把总书记的嘱托转化为更加有力的行动。

贵阳市的各个社区、居民委员会围绕"为群众办实事"这条主线，着力解决辖区居民群众最关心、最关注的热点难点问题，从完善社区人防、物防、技防措施着手，

让群众拥有更多实实在在的获得感、幸福感和安全感

整合社区、民警、志愿者、居民力量,让群众拥有更多实实在在的获得感、幸福感和安全感。

  有一天,我去兴关路街道办事处宣讲的路上,走进一家理发店。给我洗头的是一位20多岁的小姑娘,小姑娘就问我说:"姐姐,你衣服上戴的是国徽吗?"我说:"这不是国徽,这个是党徽。"她说:"那你是共产党员吗?"我点了点头。她说:"我知道,中国共产党就是为人民服务的。"我说:"小姑娘眼睛真好,党徽下面这么小的一行字你都看到了。"她说:"我没有看到这行字,我就是知道中国共产党是为人民服务的。"我笑问:"为什么呢?"小姑娘说:"我家在瓮安的一个小山村里。这几年,我们那儿变化可大了。路修好了,乡亲们也都富起来了。现在我住在兴关路上,经常看到社区干部去慰问低保户、独居老人,调解邻里纠纷,帮大家解决困难。还有啊,自从疫情开始,我们的生活现在能这么快就恢复正常,多亏了中国共产党的领导!"

  听了她的话,我非常地感动,也非常地震撼。这个小姑娘虽然分不清国徽和党徽,但是她知道中国共产党是为人民服务的。

  为什么一名普通群众都知道中国共产党是为人民服务的?为什么青云巷的居民满怀深情为社区干部写歌?那是

第四章 山河印迹

南明河畔盛开的樱花

因为在这过去100年里,一代又一代的共产党员牢记着"全心全意为人民服务"的宗旨,始终同人民想在一起、干在一起、风雨同舟、同甘共苦。中国共产党始终把"人民"二字镌刻在自己的旗帜上,无数共产党员把责任扛在肩上,用实际行动书写奋斗华章、践行初心使命,给百姓交上了一份民生答卷。

答卷人

社区虽小,却连着千家万户。

小谢2021年上半年来到兴关路街道办事处挂职副主任。他自大学毕业以后就在水利单位上班,平时习惯了和实验器材打交道,到社区报到的第一天就感受到了社区工作的不容易。

到了社区的第一天,小谢就跟着兴关路街道办事处徐书记来到一个新建成的小区开"坝坝会"。到了小区后,很多居民围了上来,你一言我一语地说了起来。"小区到菜场有一段路坑洼不平,特别是买菜的大多是老年人,不安全。建议对路面进行平整。""我们小区楼房顶层存在漏水问题,希望能帮我们进行补漏。""外面有家夜宵摊点,存在油烟扰民的情况。"……小谢将大家反映的问题一一记录下来。

当商议起在小区里新建一个居民委员会的事情时，在场的群众不乐意了，有居民大声抗议："我们这是高档小区，在这里建个居民委员会，各种低保户、闲杂人员都会进到我们小区里面，小区的安全会有很大隐患。"小谢说："那你们平时到不到居民委员会办事情呢？那是不是也会进到别的小区？如果每个小区都不让外来人员进去，那你们的事情岂不是也办不成了？"被问到的居民想了想，没说话。周围的群众却跟着喊起来："我们这是高档小区，就是不能让外来群众进来。"徐书记和小谢的解释声在群众激昂的怒喊声中显得微不足道，甚至有人大喊："滚出去，我们不听这些！"

尽管心里的委屈在发酵，小谢仍然努力保持着克制。但是和徐书记离开小区走回办公室的路上，他一直垂头丧气。

两人回到办公室，早有一个怒气冲冲的大妈等在书记办公室了。原来，近来贵阳市的很多小区都有了人脸识别的门禁，能够不用门禁卡通过"刷脸"进入了单元楼。此前，刷卡进门的方式存在着居民卡片丢失、被复制的问题，由此也带来了一些安全管理上的隐患。为解决这一安全管理漏洞，让居民群众能够住得安心，兴关路街道办事处通过与辖区企业协商合作，在各个小区安装了人脸识别门禁系统，采取"刷脸"进门的方式，既能对进入小区楼栋人员进行严格管理，又能有效加强社区的安全管理。门禁系统的安装使用获得了大多数居民群众的好评，但也有个别居民提出反对，大妈之所以怒气冲冲，是因为她对人脸识别门禁系统涉及的隐私和安全问题表示担忧，她担心自己的面部信息被泄露或被滥用。

一个小时过去了，徐书记和小谢还在耐心地劝解着，大妈最终一边嚷嚷着："你们这些人一个个不安好心，赶快把门禁给我换成原来的。"一边气哄哄地离开了。

小谢既生气又委屈："书记，我们安装人脸识别门禁时是征求了群众意见的，我们想在新建小区新增居民委员会也是为了居民办事方便。我们所做的明明是为了老百姓能得便利和好处，可是反而要被他们骂，那我们何必非要去做呢？"徐书记笑了笑，指着办公室的沙发，说："小谢，你坐。"小谢一坐上去，就感觉到沙发有个坑，陷了下去。小谢直了直身体，问道："书记，这沙发怎么这样啊？"徐书记说："你看我这大门是敞开的，每天都有不同的群众进来，每个群众的要求和诉求都不一样，一个接待完又来一个，时间久了，连沙发都坐塌了。你想想我们每天开会研究的事情，每天忙的事情，是不是都是为了老百姓过得更好？城乡社区是最为贴近人民群众的治理空间，也是政府社会治理的与老百姓的直接对接空间。社区是党委和政府联系群众、服务群众的神经末梢。我们就是得及时感知社区居民的操心事、烦心事、揪心事,一件一件加以解决。"

徐书记从 2001 年开始就住在兴关路,既是辖区的居民,也是社区的负责人,20 多年来眼看着城市更新的脚步越来越快,也能切身体会到辖区居民生活中遇到的问题。

小谢有点委屈:"哎,今天这大半天都过去了,全在解释、劝解,嘴皮子都要磨破了,而且还要被骂。"徐书记拍拍小谢的肩膀:"我也住在这,所以他们所反映的问题我也都能理解。他们骂我们也没有错,只是我们站在不同的角度看问题而已。我们作为社区干部,能做的尽量去做,尽力让群众满意,实在做不到的,或者有个别群众不理解、不支持,我们就和群众解释清楚吧!"

徐书记看了看窗外,说:"不好,又要下大雨了。"他连忙召开了一个紧急会议,要求工作人员以年久失修、容易发生事故区域的房屋为重点,对辖区危旧房屋进行拉网式排查,以预防安全事故发生,确保辖区群众生命财产安全。交代完后,他起身说道:"小谢,和我一起出去一趟。"

徐书记带着小谢来到一个宿舍楼前,这是建于 1958 年的棉纺厂宿舍。徐书记将楼房外围墙几道明显的裂痕指给小谢看,告诉他房屋一角有明显下沉现象,存在诸多安全隐患。好在大多数人已经搬离了,只有一户还住着人。

徐书记带着小谢穿过低矮的门洞,来到了这唯一的住户家中。这家住着个姓李的单身汉,50多岁了,一直独居,平时靠打零工为生,大家都称他"老李头"。

老李头开门看到两人,便知其来意,叹了口气说:"书记啊,不是我不理解、不支持你的工作,我也不是不想搬走。实在是我出不起搬家的钱啊!"

徐书记耐心地解释道:"老李头,你这个房子已经属于危房了,墙体外面都有裂缝,按照要求是不能住人的。我们是为了你的生命和财产安全着想,希望你尽快搬离这里。"

大嗓门的老李头一开口,这空荡荡的楼里震天响:"我知道你是为了我好,你是书记,是当官的,来我这平民百姓家很多次了。可是,这房子我都住了几十年了,四川地震厉害吧,也没一点损坏,你说这房子又不是纸糊的,哪能刮点风下点雨就能塌掉?哦,我晓得,你怕担责任。我这贱命一条,房子塌了是我活该,我责任自负,不用你负责总行了吧?我现在就给你写个字条,证明是我自愿留在这里不搬走的,一切问题与你无关。你拿着纸条走吧!"

徐书记拍了拍老李头的肩膀,笑道:"这次,我们是带着解决办法来的,我们给你找好了临时落脚点,等会还会派社区人员来帮着你搬东西,你什么都不用操心。"

老李头并不领情:"你看我这屋里有什么值钱的东西,我这人啊,就勉强填饱肚子就行了。啥好地方也住不了,这破房子最适合我。说难听点,我这烂命也不值钱,房子真要塌了,埋在里面还撒脱(省事)点。"

徐书记安慰道:"老李头,我明白你的顾虑。但是,你想想看,如果这房子真的塌了,你连个遮风挡雨的地方都没有。而这个临时落脚点,至少可以保证你的基本生活需求。你可以先试试看,如果住得不习惯,我们再帮你找其他地方。总之,我们会尽一切努力帮助你,让你过上安心的日子。"

最终,在两人的耐心劝解和帮助下,老李头答应了搬家。

两人离开时,雨已经下了起来。这是小谢到社区工作的第一天,后来小谢重复着很多类似这样的一天。

这一晚,按照区委、区政府的要求,办事处的主要领导和相关工作人员都留在单位值守。其实这样大雨倾盆的夜晚对于很多社区干部来说都是不眠的夜。为了能及时应对和有效防范灾害性天气,确保人民群众的生命财产安全,社区干部经历过很多个睡在单位的下雨天,很多社区干部都养成了一下雨就睡不着觉的习惯。

特别是每到汛期,各个社区的工作人员都会对危房、险房及重点场所进行安全隐患排查,工作涵盖建筑物、车棚、雨污排井盖、雨棚、广告牌、灯箱,甚至连晾衣绳等细微之处也不放过,每一位群众的安危都牵动着社区干部的心。2022年雨季到来前,纺织巷社区居民委员会按照兴关路街道办事处的工作安排及部署,对辖区内3栋D级危

青云路上的小趣味

房住户开展搬离房屋紧急避险的工作。经过社区"两委"及居民委员会网格员夜以继日、加班加点的努力，7天内劝离住户201户，共计395人。

棉纺厂的退休工人张玉环在兴关路住了几十年。有一天，看到纺织巷社区居民委员会在招工作人员，便对儿媳冷静说："静静，你也别出去打工了。就在家门口工作，也好照看孩子。"冷静想了想，便同意了。

刚进居民委员会工作，她担任低保委员。这一干就是4年多了，这个湖南媳妇有股辣妹子的泼辣劲儿，低保委员负责的是原则性和政策性都比较强的低保工作，对辖区内提交保障申请的弱势群体，按照工作流程、政策规定开展比对、入户、审核及上报工作。工作中遇到不支持、不理解，甚至责难的群众，冷静也曾感到困惑和委屈，但在日复一日、年复一年的工作中，她学会了换位思考，学会了平静和宽容。冷静的父亲是名退伍军人，也是一名共产党员。身在湖南，无论在生活还是工作上，他都帮不上女儿的忙，但他常常打电话教育冷静："居民委员会工作面向居民，你面对的是不同性格、不同素质的人，你要做好服务就得学会吃亏，人啊，不能怕吃亏，有时候吃亏是好事，能从吃亏的事情中学到很多东西，收获不一样的人生经历。你要不计较得失，好好为人民服务。"

低保只是临时救济,有些经济状况好转的低保户却将其当作"福利",不愿退保。这就要求冷静既要严格低保政策,铁面无私,同时又以情动人,以理服人,把矛盾化解在基层。她说:"身在这个岗位上,我必须坚持原则,国家的保障金应该真正用到最需要的人群身上。"

辖区里有一家低保户,夫妻二人都是肢体残疾人士,家里还有一个即将上大学的女儿。由于政策的调整,他家的低保金受到影响。有一天,冷静正在居民委员会办公,男主人酒醉后突然冲进办公室,对着冷静就是一巴掌,嘴里还骂着难听的话。在同事的齐力帮忙下,冷静才躲过他的拳脚交加,去医院检查发现造成鼻骨骨折。男人酒醒后登门道歉,冷静说:"你的心情我能理解,不是我刁难你,能办的事情我肯定不遗余力办,但是不符合政策的事情我不能办啊!"原本这种程度的伤害是可以起诉的,但是冷静选择了原谅。后来,男人每次来居民委员会办事情时都躲着冷静,把本该冷静负责的资料递给别的工作人员。冷静主动把资料接过来,笑道:"哎哟,我都不怕你,你还怕我呢!"男人不好意思地说:"我不是怕你,我是觉得对不起你。"

2020年春节之际,新型冠状病毒疫情暴发。凛凛寒风中,冷静和很多社区工作者一样,值守在疫情预防监测卡点。有一天下午，突然风雨交加。大风吹着暴雨冲进小小的帐篷里，冷静和一起值守的另一个工作人员在帐篷里躲避雨水，还要拿个棍子时不时捅一下帐篷顶，防止顶部积水过多。冷静开起玩笑："咱们两个这身材，站在一起就是合肥，这个大风可吹不走我们。"

待她回到家时，衣服湿透了，嘴巴都冻得发紫了。年幼的女儿看着落汤鸡一样的妈妈不敢像往常一样冲上前抱住她，怯生生地直往后退。婆婆一边心疼地给冷静拿衣服，一边赶快把电暖炉调到最高。冷静笑了："哎，我今天可真是，又要救自己，又要救帐篷，太不容易了。"冷静的公公婆婆都是贵阳棉纺厂的退休工人，在工厂车间里奉献了30多年，他们以朴实和善良给了冷静最大的支持。2021年8月17日，冷静被党组织接收为预备党员，她骄傲地说："我现在时刻以共产党员的标准严格要求自己，要发挥党员的先锋模范带头作用。我就住在单位附近，有什么事情我都能第一时间赶到现场。为人民群众多办一件事，就是多暖一份心、多凝聚一份力量、多增添一份和谐。"

其实该写的、想写的人还有很多。在采访的过程中，无论是领导干部还是基层工作人员，他们面对我的采访总轻描淡写，说只是做好自己的本职工作。但就是这些点点滴滴、看似微不足道的默默奉献，才有这国泰民安的盛世。

习近平总书记强调："时代是出卷人，我们是答卷人，人民是阅卷人。"千千万万个"答卷人"把人民放在心上，用一点一滴的行为在人民的心中交出了一份优异的答卷。

织绘幸福网

青云巷居民委员会有一支文艺团队，名叫"金秋艺术团"，24个文艺爱好者自发组成的歌舞队，能开展电子琴、大提琴、歌唱、舞蹈等多种表演形式的演出。他们每周二在青云巷居民委员会的新时代文明实践中心排练。居民委员会给原本四处"打游击"排练的歌舞队提供了排练场地，歌舞队也发挥着"文艺轻骑兵"的优势，把居民委员会的科普宣传、卫生宣传、垃圾分类的宣传等内容以歌舞的形式送到群众中，也把对党的热爱用歌舞表达。

因为觉得居民委员会的工作做得很好，歌舞队特地创作了一支歌曲《我们青云社区》送给社区，词曲的作者是遵义市余庆中学的退休教师罗松泉，他已经80岁高龄。歌曲的其中一段歌词这样写道："青云社区最安宁，青云社区最温暖，商业兴旺千万家，社区干部贴心人。青云大街好风景，黔味佳肴览美名，胜过蓉城宽窄巷，别具一格传佳音……社区凝聚万众心，干群牵手靠真情。参天大树根连根，人民向往才是真，不忘初心有信仰，豪情壮志又一春。"这段歌词生动地表达了群众对社区干部工作的认可和感激之情，群众把社区干部的所作所为都看在眼里，记在心里，写在歌里。

织绘幸福网

谢昆仑是这个歌舞队的一名队员。他一直喜爱音乐，年轻时当过团委宣传干事，退休后加入了这个文艺队，如鱼得水，这给他的退休生活增加了很多乐趣。

2012年2月，贵阳市第十三届人民代表大会第一次会议的政府工作报告中提出，将大力实施城市背街小巷、小区院落综合整治，同时启动实施10个棚户区、城中村改造。公园路片区、富水路片区等棚户区、花果园城中村改造项目等陆续启动。2012年3月23日，南明区政府正式发布消息，青云路片区成为首个旧城改造项目，总投资达6.5亿元。《南明青云路旧城改造启动　拆迁工作正有序进行》的新闻报道，其中有这样的描述：

作为省会城市中心城区的南明区，近年来大力推进棚户区旧城改造工作，人居环境和城市品位得到了显著改善和提升，但仍有一些片区存在着房屋布局混乱、基础设施薄弱、市容管理困难等状况，亟待改造提升，青云路片区就是其中之一。而此次该区旧城改造的实施，将进一步整体提升筑城广场周边形象，净化南明区中心区域城市环境。由贵州特兴房地产开发有限公司投资，对青云路片区实施改造。建设约1万平方米可容纳400个体经营户的新路口新农贸市场一期，综合商业及办公26 900平方米，高层住宅约75 493平方米。

这个项目就是"青云都汇"。谢昆仑给儿子买的婚房就在这里，2014年买房时，谢昆仑一度很犹豫，看中这个楼盘是因为有60年历史的尚义路小学就在楼下，对面还有大型的菜市场，学习、生活都很便利；谢昆仑忧的是青云路的环境，路面基础设施陈旧、年久失修，路面坑洼不平，地下管道经常堵塞，且两侧多为经营商户，环境卫生脏乱差、安全隐患多等问题日益凸显。

青云路口爆破瞬间

2021年以来,贵阳市加快推进以人为核心的新型城镇化建设,强力实施"三改"攻坚行动,大力度、快速度推进棚户区、老旧小区、背街小巷改造,以城市更新带动新型城镇化取得新突破。

贵阳市实施棚户区、老旧小区、背街小巷改造的"三改",把城市美好生活的新图景勾勒成形,"三改"改出发展空间,改出民心所向,改出强省会的磅礴力量。就是这场"旧改"中,在兴关社区上班的陈进国如他20年前唱的"我去炸学校,天天不迟到"一样,拆了他儿时的学校,还有兴关南巷的家。

老谢的担忧也很快就被化解了。2020年,南明区对青云路街巷地下管网、路面立面、绿化景观、商户店招等进行优化提升,在综合治理和完善基础设施建设基础上,进行风格统一的提档升级。改造后的青云路已经成为一条宽敞洁净的步行街。独一无二的步行街景——海鲜农贸市场也提升并融入步行街。青云都汇农贸市场可看、可吃、可观光,又不失农贸、海鲜市场功能。

老谢心里乐滋滋的,逢人就说:"我这房子买得真值。感谢中国共产党的正确领导,感谢南明区委区政府的英明决策,给老百姓带来了实惠。我每天下楼就能接送孙儿上学放学,每周在老年大学上两次课,附近的人民广场经过改造扩容后,成了我们老年人跳舞、练剑、打太极的活动场所,现在中国已经进入了老龄化社会,靠党的好政策,我们能够老有所学,老有所乐。"

看得见、摸得着、感受得到的新变化在贵阳市街头巷尾呈现着,城市配套日益完善,人居环境持续提升,随着一件件民生实事的落地,人民群众的获得感、幸福感、安全感越来越强。

买菜、停车、居住体验看似小事,但方不方便、舒不舒心都直接影响着幸福感。青云路西段多年来是出租车停车吃饭的地段,交警部门在那一段青云路两边划定了出租车限时就餐专用车位,每天10:00—14:00 和 17:00—21:00 两个时段,的哥的姐们可停车就餐,但是仍然有很多出租车驾驶员在就餐高峰没有车位停车吃饭,只好违停在路边,三两口把饭扒进肚子。一到餐点,青云路西段总会出现或长或短的拥堵。

2022 年 8 月,南明交警积极联合南明区治堵办,深入辖区青云路出租车就餐点和周边商企进行走访。通过多次实地踏查,并与相关部门协调沟通,最终确定在辖区河滨大桥下的空地处新建停车场,高效利用城市中心空间,缓解区域停车难问题。停车场针对出租车免费停放 40 分钟,既保证该路段的交通秩序和群众出行安全,又为出租车规划足够的停车位置，这大大改善了青云路出租车就餐时"停车难、停车乱"等现象缓解停车难问题。

在青云路东段与环南路交会处，毗邻改造后的青云步行街，正在一层层变高的青云路公共停车场项目，也是"一圈两场三改"的项目之一。该项目位于南明区青云路，建筑面积近 20 000 平方米。停车场最高建筑高度将达到 50 米，建筑共 14 层，其中地下 3 层，地上 11 层。总停车位 718 个，其中地下停车位 61 个，地上停车位 657 个。停车场设置有 6 部升降梯，汽车由升降梯进行地上输送，取车后从负一层地面西侧出口进入环南巷。通过这样的设置，简化了市民停车交通流线，给进出车辆留出了排队空间，出入口互不干扰，对环南巷、青云路的交通干扰较小。项目建成后，将为青云路步行街和周边老旧小区居民提供便捷的停车配套服务，更好地满足了市民停车和出行需求。

这只是"十五分钟生活圈"的一个小小体现。如今的贵阳正悄然发生着让市民看得见、摸得着、感受得到的变化，这些细节之处的不断叠加，使得市民的幸福感变得愈发强烈。

民之所望，政之所向。"一圈两场三改"，把人们向往的生活一帧帧搬进现实。青云路的焕新，正是贵阳市"一圈两场三改"等重大惠民工程的一个缩影。

"衙斋卧听萧萧竹，疑是民间疾苦声。些小吾曹州县吏，一枝一叶总关情。"习近平总书记曾不止一次引用清代郑板桥的这首诗来表达对人民的深厚感情。在新时代的新征程上，为了解决社区居民的操心事、烦心事、揪心事，为了将社区建设成为居民最放心、最安心的幸福港湾，贵阳的每一个社区、每一位干部都在不懈努力！

最喜人间喧嚣处，这人声鼎沸，就是国泰民安！

后记

泰戈尔有一句诗:"天空没有翅膀的痕迹,而我已飞过。"从古到今,很多事和物都不过是飞过而又没有一丝痕迹地消失在时间长河里,消失得仿佛不曾出现过一样。城市改变生活,生活也改变了城市。对于贵阳这样一座快速发展着的城市而言,拓宽的马路,推倒的平房,消失的地标,很多城市记忆,湮没在浮世喧嚣和城市更新里,再无半点涟漪,像飞鸟的痕迹还来不及看到就已经消失。

一个城市的烟火记忆见证着涓滴汇成巨澜的时代变迁。《青云烟火》这本书的创作,是一个试图穿过时间长河去打捞、寻找城市记忆的过程。书中很多章节都是以时间节点开始的,通过凝视一处时间的截面,我试图捕捉岁月中属于那个节点的光影。我希望能以文字照亮那些我渴望记录的历史局部与城市记

后记

忆,希望能通过记录一条路的改变,记录历史的风云变幻和时代变迁,以一方烟火,见一方生活。

写作真是一件辛苦而孤独的事情,有激情澎湃、洋洋洒洒敲下千字,按下保存键时的神采飞扬,也有打开文档却写不出只字片语的无奈,还有大片大片按下删除键的懊恼。此书在创作过程中,得到了很多的帮助和支持。感谢南明区委、区政府、区委宣传部,感谢所有给过我支持和鼓励的人们,这些温暖慰藉着创作中的苦。所幸"人间烟火气,最抚凡人心",青云路上一路的甜点、美食总是拖住我匆匆采访的脚步,一度治愈我写作中的焦虑和辛苦。

在一次作家座谈会上,谈到地域性写作。我说我的文学创作地域集中在两个地方,一个是新疆,一个是贵阳。新疆是我生长的地方,那片广袤无垠的土地包容我肆意奔跑的成长岁月,大片的辽远荒芜赋予我生命最初的思索和感悟。但我已离开得太久太远,我的文字仅能触及 20 年前的新疆。而贵阳是我生活 10 余年并且余生基本不会离开的第二故乡，我通过写作用触角去试探它的过往，也见证和展望着它的未来。

感谢这座美丽而包容的城市，它融合了过去的沧桑风雨，承载了都市的发展和创新，这些正是创作时让我热泪盈眶的源泉。我被这沸腾的生活深深打动，被可爱可敬的人民感动，这让我满怀激情与力量去书写这个时代的辽阔和温情，并以此回报这座我生活的城市和我们身处的这个伟大的时代。

定稿之际，我并未有如释重负之感，因为仍有许多想写、该写的内容未能尽述，况且贵阳这座城市每一天都在发生着新的变化。

特别鸣谢：赵松、聂俊、徐雁、高廷江、包峰、王强、于庆阳、方静等师友提供文中插图。

书中难免存在错漏和不足之处，敬请读者包涵和指正！

奚婧

2024 年 9 月 1 日